Hans Dominik

Geballte Kraft

e-artnow 2018

Hans Dominik
Lebensstrahlen

Christoph Martin Wieland
Der goldne Spiegel - Die Könige von Scheschian: Politisch-utopischer Roman

Franz Kafka
Ein Hungerkünstler: Bilanz einer künstlerischen Existenz

Karl May
Ardistan und Dschinnistan (Band 1&2): Ardistan + Der Mir von Dschinnistan

Max Eyth
Historische Romane: Der Kampf um die Cheopspyramide, Mönch und Landsknech, Der Schneider von Ulm & Die Brücke über die Ennobucht: Historische Krimis & Biografische Romane

Hans Dominik
Geballte Kraft

e-artnow, 2018
Kontakt: info@e-artnow.org

ISBN 978-80-273-1322-8

Inhaltsverzeichnis

Einführung

Ein »Fluidum«, das heißt etwas Flüssiges, nannten die gelehrten Zeitgenossen Galvanis und Voltas die Elektrizität; »denn eben wo Begriffe fehlen, da stellt ein Wort zur rechten Zeit sich ein«. Ein geheimnisvolles Fluidum sagten ihre Nachfolger, die Davy, Ampère und Oerstedt, als sie entdeckten, daß dies neue undefinierbare Etwas, das sich aus den galvanischen Batterien in die Drähte ergoß, chemische Wirkungen von bisher ungeahnter Stärke hervorzubringen vermochte, daß es Fernkraftwirkungen durch den Raum hindurch ausübte und in ganz eigenartiger Weise mit den magnetischen Erscheinungen zusammenhing. Geheimnisvoll blieb die Elektrizität auch noch das ganze 19. Jahrhundert hindurch, obwohl man ihre Gesetze längst genau erforscht und sie als eine Form der Energie erkannt hatte. Viel schneller als die Theorie entwickelte sich hier die Praxis, wie das ja des öfteren in der Geschichte der Technik zu verzeichnen ist. Die Männer der Praxis zerbrachen sich nicht lange den Kopf darüber, was dieses elektrische Fluidum nun eigentlich wäre; sie nutzten zunächst die Tatsache aus, daß die Elektrizität sich mit einer unmeßbar großen Geschwindigkeit in Leitungsdrähten fortpflanzt.

So entstand um die Mitte des 19. Jahrhunderts der elektrische Telegraph. Bald überzog ein Netz von Drähten den europäischen Kontinent; bald streckten sich auch die Kabel durch die Ozeane, und der elektrische Strom erfüllte, was jene Männer, welche die Leitungen spannten, von ihm erwartet hatten. Tausend oder dreitausend Meilen entfernt tickte der Hebel des Empfängers im gleichen Moment ebenso, wie der Telegraphist auf der Geberstation die Taste bewegte. Die Ära der elektrischen Nachrichtenübermittlung brach damit an, wirkte umformend auf Handel und Wandel und gab Riesenstaaten, wie dem russischen und englischen Reich, die Möglichkeit einer straffen Organisation.

Das war viel, doch es war nicht alles. Das »Fluidum« vermochte mehr, wenn man es nur in der nötigen Stärke erzeugen konnte. Für die Telegraphie genügten die galvanischen Elemente. Um die Elektrizität als Energieform zu nutzen, als Bringerin von Licht und Kraft auszuwerten, mußte eine Stromquelle erschlossen werden, viele tausend Male mächtiger als die alten galvanischen Elemente. Diese Tat getan, den neuen Stromerzeuger intuitiv erschaut und praktisch entwickelt zu haben, ist das unvergängliche Verdienst des Deutschen Werner Siemens. Durch die Entdeckung des dynamo-elektrischen Prinzips und die Konstruktion der Dynamomaschine hat er ein neues Zeitalter eingeleitet, hat er der Menschheit Möglichkeiten erschlossen, an die vergangene Geschlechter in kühnsten Träumen nicht zu denken wagten.

75 Jahre sind jetzt seit jenem Tage verflossen, an dem die erste Dynamo aus ihrem Anker Starkstrom in die Leitung entsandte. Dem Gedenken dieses Tages und der Großtat des deutschen Altmeisters der Elektrotechnik Werner Siemens gilt das vorliegende Buch.

Das Kraftwerk auf der roten Erde (1941)

Durch die hohen Fenster des Großkraftwerkes im Westfalenland fallen die Strahlen der Nachmittagssonne. Ein breiter Lichtbalken läßt die bunten Fliesen des Fußbodens in dem saalartigen Raum der Schaltwarte aufleuchten und malt Lichter auf die gekachelten Wände. Hier ist das Gehirn der mächtigen Anlage, in der elektrische Energie im Betrage von vielen Megwatt , von vielen hunderttausend Pferdestärken erzeugt und weit über das Land hin verteilt wird.

In einem weiten Halbkreis sind Instrumentenpulte um einen Schreibtisch herum angeordnet, deren Tafeln wohl mehr als hundert Meß- und Schaltgeräte tragen. Wie die Nervenstränge eines lebendigen Organismus laufen von den Pulten elektrische Leitungen zu den verschiedenen Stellen des Werkes. Sensitiven Nerven sind die Drähte vergleichbar, die zu den Meßinstrumenten führen und Zeiger über die Skalen spielen lassen, deren Stand dem einsamen Mann an dem Schreibtisch, dem Schaltmeister, dem diese ganze wundersame Apparatur untersteht, angibt, welcher Dampfdruck in den Kesseln herrscht, mit welchen Umdrehungen die Turbinen laufen, welche Leistung die Elektroaggregate in diesem Augenblick hergeben, und noch vieles andere mehr. Motorischen Nerven entsprechen jene andere Leitungen, die von den Schalt- und Kommandoapparaten ausgehen. Ein schwacher Druck hier in der Schaltwarte auf einen der vielen Knöpfe oder Hebel genügt, und stärker flammt das Feuer unter den Kesseln auf, stärker oder schwächer strömt der Dampf durch die Turbinen, hundert Meg mehr oder weniger pulsen durch die Fernleitungen.

Still ist es in dem mächtigen Saal. Käme nicht hin und wieder ein leichtes Klicken und Klacken von den registrierenden Instrumenten her, so könnte man eine Nadel zu Boden fallen hören. Der Schaltmeister schlägt das vor ihm auf dem Tisch liegende Protokollbuch auf. Sein Blick geht zwischen den Meßinstrumenten und den Zeigern der Wanduhr hin und her; dann macht er eine Eintragung. Nur wenige Zahlen schreibt er in die Spalten der vorgedruckten Tabelle:

16 Uhr 15 Minuten: Gesamtbelastung 205 000 Kilowatt.

Nun greift er zu einem anderen Schriftstück. Es enthält die Lastanforderungen für den heutigen Tag, die schon in früher Morgenstunde von der zentralen Lastverteilungsstelle her telephonisch aufgegeben wurden. 250 000 Kilowatt sind nach dieser Anweisung von 16 Uhr 30 Minuten an in die Hochspannungsleitung abzugeben. Ein Turboaggregat von 50 Megwatt muß hinzugeschaltet werden, um diese Leistung zu schaffen. Schon vor geraumer Zeit hat der Schaltmeister seine Dispositionen dafür getroffen, hat durch die Kommandoapparate der Warte und auch durch das Telephon Anweisungen an die verschiedenen Stellen des Kraftwerkes gegeben, die bei der Ausführung des Manövers mitwirken müssen. Durch einen Blick auf die Meßinstrumente überzeugt er sich davon, daß seinen Anordnungen überall Folge geleistet wurde.

Die Manometer einer Kesselgruppe, die vor einer Stunde noch beinahe auf Null standen, zeigen schon den vollen Druck von 35 Atmosphären an. Es wirkte sich inzwischen aus, daß auf das Kommando der Schaltwarte hin Preßluft in stärkerem Strom die auf Staubform vorgemahlene Kohle in die Feuerungen blies und heiß wabernde Lohe seitdem die Wasserrohre dieser Kessel umgibt. Auch auf der Tafel, welche die Instrumente des zuzuschaltenden Turbosatzes enthält, haben sich die Stellungen der Zeiger geändert. Der Schaltmeister ersieht aus ihnen, daß die Luftpumpen im Kondensator der 70 000pferdigen Dampfturbine ein neunzigprozentiges Vakuum hergestellt haben. Sein Auge geht weiter zu einer anderen Skala, auf welcher der Zeiger sich langsam an die Zahl 1500 heranschiebt. Gleich wird das Aggregat hochgefahren sein, geht es ihm durch den Sinn, gleich werden die 1500 Umdrehungen in der Minute erreicht sein, mit der es laufen muß, bevor weitere Manöver gemacht werden können.

Fünfundzwanzigmal in der Sekunde rotiert jetzt im Maschinenraum die riesige Schaufeltrommel der Dampfturbine um ihre Achse und zwingt den fest mit ihr gekuppelten Rotor des großen Drehstromgenerators, die Drehung mitzumachen. Und auch der Anker einer Gleichstromdynamomaschine, der freitragend hinter dem letzten Lager auf der Achse befestigt ist, rotiert mit. Fast unscheinbar wirkt diese Maschine neben den massigen Gebilden der Turbine und des großen Elektrogenerators, obwohl sie doch für eine Leistung von 250 Kilowatt, von rund 350 Pferdestärken gebaut ist. An einer anderen Stelle würde sie gewiß einen recht stattlichen Eindruck machen; könnte sie doch zehntausend Glühlampen speisen und eine kleinere Stadt mit Licht versorgen, hier wird sie fast übersehen. Und doch ist sie so wichtig und unentbehrlich, denn sie liefert ja den Erregerstrom für den Rotor des Drehstromgenerators und setzt diesen um so vieles größeren Bruder dadurch überhaupt erst instand, elektrische Energie zu erzeugen.

Ein Gewicht von beinahe 200 Tonnen, das Gewicht von zwei schweren Schnellzuglokomotiven, haben die rotierenden Massen des Turboaggregates. Eine lebendige Kraft von 5000 Metertonnen ist allein in dem kreisenden Teil des Generators gespeichert, aber so genau sind diese Stahlmassen ausgewuchtet, so genau um die Rotationsachse abgeglichen, daß dem Beobachter, der neben dem Aggregat steht, kaum ein schwaches Zittern etwas von den gigantischen Kräften und Energien verrät, die hier am Werke sind.

Aber es hat Zeit gekostet, bis diese Massen in Schwung kamen. Sehr allmählich nur durften die von der Schaltwarte aus ferngesteuerten Apparate dem hochgespannten Dampf den Zutritt zu den Turbinen freigeben. Langsam nur durfte die Erwärmung der kalten Stahl- und Eisenteile vonstatten gehen, bis ihre Temperatur sich schließlich derjenigen des Dampfes angeglichen hatte, bis die gewaltige Schaufeltrommel danach anzufahren begann. Von Minute zu Minute wurde dann ihre Rotation schneller. Im Verlauf einer Stunde wurde das Aggregat hochgefahren, bis es nun – zwanzig Minuten nach 16 zeigt die Wanduhr – die betriebsmäßige Umdrehungszahl erreicht hat.

Auch der Anker der Gleichstromdynamo rotiert mit derselben Tourenzahl, doch vorläufig besteht noch keine geschlossene Verbindung zwischen seinen Drähten und den Schenkelwicklungen dieser Maschine. Erst die Bewegung eines Hebels in der Schaltwarte stellt sie her, regelt Widerstände und leitet dadurch ein eigenartiges Wechselspiel zwischen dem Anker und den ihn umgebenden Elektromagneten ein.

Minimal nur ist der Magnetismus, der von früheren Betriebszeiten her in den Eisenkernen der Elektromagnete zurückblieb. Kaum merklich sind die winzigen Ströme, die zunächst durch diesen schwachen Restmagnetismus in den Ankerdrähten induziert werden und die Wicklungen der Elektromagnete durchfließen. Doch ein wenig wird dadurch deren Magnetismus vergrößert, und schon erzeugt diese Verstärkung wieder eine Vergrößerung des im Anker induzierten Stromes. Noch kräftiger als bisher durchfließt der vom Anker kommende Strom die Magnetwicklungen, noch kräftiger induzieren im nächsten Moment die Elektromagnete den Anker. Von Sekunde zu Sekunde wächst der magnetische Fluß an, von Sekunde zu Sekunde steigt auch der von der Dynamo erzeugte Strom. Die Maschine hat sich selbst erregt, wie ihr Erfinder Werner Siemens das einst vor fünfundsiebzig Jahren voraussah.

In der Schaltwarte geben Spannungs- und Stromzeiger von diesen und auch noch von anderen Vorgängen Kunde. Sie lassen nicht nur die Klemmenspannung der Dynamo erkennen, sondern zeigen auch die Stärke des Gleichstromes an, der von ihr durch die schweren Kupferwicklungen des Rotors der Drehstrommaschine fließt. Rund 1000 Ampere sind es jetzt, und in einen gewaltigen Elektromagneten haben sie auch den Rotor verwandelt. Induzierend kann er jetzt ebenfalls auf die Windungen des Stators, des feststehenden Teiles der großen Maschine wirken, der den Rotor als Hohlzylinder umgibt. Elektromotorische Kräfte durchzucken die Statorwindungen, doch vorläufig fließen noch keine Ströme in ihnen, denn ihr Kreis ist noch nicht geschlossen. Etwas anderes muß erst geschehen, bevor darangegangen werden darf. Der Drehstromgenerator muß erst synchronisiert werden, bevor er zugeschaltet werden darf. »Synchronisiert!« Das Wort enthält dreierlei Forderungen. Die Spannung der Maschine muß gleich derjenigen der anderen im Werk laufenden sein, mit denen sie zusammen arbeiten soll. Ihre Periodenzahl von 100 Spannungswechseln in der Sekunde muß genau erreicht sein, und schließlich muß die Vektorlage der von ihr erzeugten Spannung mit derjenigen der anderen Turbosätze übereinstimmen, das heißt, auf die Tausendstelsekunde genau muß sie im Einklang mit dem Netz den Spannungshöchstwert und dann wieder den Spannungsnullwert liefern.

So umständlich der Vorgang des Synchronisierens in der Erklärung klingt, so einfach und schnell vollzieht er sich mit den neuzeitlichen, automatischen Parallel- Schalteinrichtungen und nimmt knapp eine Minute in Anspruch. Ein Hebeldruck in der Schaltwarte hat diese Apparatur in Betrieb gesetzt. Wie aufmerksame Wächter stehen die dazugehörenden Relais bereit, um genau in der Millisekunde zuzuschnappen, in der die Synchronisierungsbedingungen erfüllt sind. Und dann ist es geschehen. Schon zeigen die Meßinstrumente an, daß die Zuschaltung erfolgt ist. Wie durch ein geheimnisvolles, elektrisches Band ist der Generator dadurch gewissermaßen mit den anderen bereits in vollem Betrieb befindlichen Maschinensätzen des Kraftwerkes verbunden. Er kann nicht mehr außer Tritt fallen. Mit gleicher Tourenzahl und Spannungsphase muß er mitlaufen, wenn er zunächst auch noch ohne Belastung leer mitläuft!

Auf 16 Uhr 25 Minuten sind inzwischen die Zeiger der Uhr vorgerückt. Wieder die Betätigung eines Kommandoapparates in der Schaltwarte. Weiter öffnet sich das Dampfventil der Turbine im Maschinenraum; der Zeiger eines Strommessers in der Schaltwarte fängt an zu steigen, das Aggregat beginnt Last zu übernehmen. Von Minute zu Minute wächst die Zahl der Megwatt, die es an die Transformatoren und durch diese weiter an die Fernleitungen abgibt. Stärker brausen die Flammen unter den Kesseln, stärker strömt der Dampf durch die Schaufelkränze der Turbine; stärker flutet auch der erregende Gleichstrom durch die Windungen des Rotors und weiter steigen die Zeiger der Meßinstrumente, bis das Aggregat mit voller Last läuft.

Zusätzliche elektrische Arbeit von 70 000 Pferdestärken strömt in das Netz der Höchst- und Hochspannungsleitungen, das von der holländischen bis zur Schweizer Grenze reicht. Fließt, auf Niederspannung hinabtransformiert, weiter zu den vielen tausend Verbrauchsstellen in Städten, Dörfern und Weilern des deutschen Landes und steht überall zur Verfügung, wo sie benötigt wird. Im Großkraftwerk aber geht der Schaltmeister zu seinem Protokollbuch und macht eine neue Eintragung:

16 Uhr 30 Minuten: Gesamtbelastung 250 000 Kilowatt

Auf der Place de la Concorde (1843)

Und nun hundert Jahre zurück bis in die erste Hälfte des 19. Jahrhunderts! Europa lebt noch in der ein wenig verschlafenen, aber letzten Endes ganz gemütlichen Zeit des Vormärz.

Auf Preußens Thron ist vor drei Jahren der vierte dem dritten Friedrich Wilhelm gefolgt, ohne daß sich dadurch allzuviel geändert hätte. In der Artilleriewerkstatt zu Spandau ist der Secondelieutenant Werner Siemens von Staats wegen mit Arbeiten zur Verbesserung der militärischen Sprengstoffe beschäftigt. Privatim befaßt er sich in jeder freien Stunde mit den überraschenden elektro-chemischen Wirkungen, die sich mit den von dem deutschen Physiker Robert Bunsen erfundenen galvanischen Elementen erzielen lassen. Wenn diese Elemente auch noch ihre Schattenseiten haben, mit: scharfen, übelriechenden Säuren gefüllt werden müssen und die elektrische Energie durch Oxydation des teuren Zinkmetalles erzeugen, so sind sie doch zur Zeit die einzigen wirklich ergiebigen Stromquellen. In der Tat hat es sich für den jungen Offizier auch gelohnt, die Unbequemlichkeiten, die mit ihrer Benützung verbunden sind, auf sich zu nehmen. Schon sind ihm schöne galvanische Vergoldungen und Vernicklungen gelungen, für welche die Industrie sofort großes Interesse zeigt ..., und immer mehr entwickelt der junge Artillerieoffizier sich bei diesen Arbeiten zum Wissenschaftler und Techniker. –

In Frankreich regiert um die gleiche Zeit Louis Philippe aus dem Hause Orléans. »Leben und leben lassen!« lautet die Losung des gutmütigen, dicken Bürgerkönigs, und die Geschäfte gehen nicht schlecht unter seinem Regime. Handel und Wandel florieren, und auch die Wissenschaften stehen in Blüte. Zwar ist André Marie Ampère schon seit sieben Jahren tot, doch seine bahnbrechenden Forschungen auf dem Gebiet der Elektrodynamik sichern nicht nur seinem Namen die Unsterblichkeit, sondern haben auch der französischen Physik zu einer führenden Stellung verholfen.

Schon sind seine Schüler und Nachfolger am Werk, die von ihm aufgedeckten Wechselwirkungen zwischen elektrischen Strömen und Magneten praktisch auszuwerten. Schon schnurren in den Laboratorien hier und dort Maschinchen, die, bald von Batterieströmen bewegt, ein wenig mechanische Energie liefern, bald auch im umgekehrten Prozeß, mechanisch angetrieben, elektrische Ströme erzeugen. Aber das alles ist eben erst im Entstehen. Vorläufig sind diese Apparate noch nicht vom Laboratoriumstisch heruntergekommen, und viel Wasser wird noch die Seine hinunterlaufen, bevor einmal brauchbare Stromquellen und Arbeitsmaschinen daraus werden. Noch immer ist man auf galvanische Elemente angewiesen, wenn man mit stärkeren elektrischen Strömen operieren und die mannigfachen Äußerungen und Erscheinungen der rätselhaften Naturkraft Elektrizität demonstrieren will; und das will man im Herbst des Jahres 1843 in Paris wieder einmal in größerem Stil unternehmen.

Der Physiker Professor Deleuil hat sich vorgenommen, den Einwohnern von Paris in einem groß angelegten Versuch die Beleuchtung der Zukunft, die elektrische Beleuchtung, vorzuführen. Einen Bundesgenossen für seine Pläne hat er in seinem Kollegen Dr. Archereau gewonnen, der bereits ganz brauchbare Regelwerke für das elektrische Bogenlicht konstruiert hat. Nun sitzen sie an einem Septembertag in dem physikalischen Cabinet von Dr. Archereau und besprechen das Unternehmen.

»Ganz groß soll es werden, mon confrère, einen großen Platz müssen wir mit dem neuen Licht beleuchten...«, ruft der quecksilbrige, lebhafte Deleuil.

»Wie wäre es mit der Place de l'Opéra?« fragt der bedächtigere Archereau. »Man könnte die Lampen auf der Balustrade des Opernhauses aufstellen und den Platz von oben her anstrahlen.« Fast entrüstet springt Deleuil mit einer abwehrenden Bewegung auf.

»Viel zu klein, mein Lieber! Das würde die Mühe nicht lohnen. Den größten, schönsten Platz von Paris müssen wir für die Vorführung haben. Die Place de la Concorde würde das Richtige sein. Übrigens...«, während er weiterspricht, läßt er sich wieder auf seinem Stuhl nieder, »von oben anstrahlen ...? Die Idee läßt sich hören; das könnte Effekte geben. Die Statue der Stadt Straßburg auf der Place de la Concorde ..., hundert Fuß über dem Straßenpflaster ...ein mächtiges Bogenlicht hoch oben auf den Knien der Bildsäule, das müßte wirken, mon confrère, die größte ...stärkste Lampe ...die stärkste, die es gibt ...einen Parabolspiegel dahinter, das Licht aus der Höhe auf den Platz geworfen...« Zum zweiten Male springt Deleuil auf und läuft gestikulierend in dem Cabinet hin und her, während die Worte weiter von seinen Lippen sprudeln: »...die Gaslaternen müssen natürlich ausgedreht werden ...unsere Pariser werden staunen, wenn das neue Silberlicht den Platz überflutet.«

Er spricht noch weiter, und eine Weile läßt ihn Dr. Archereau ruhig gewähren. Doch dann, als Deleuil einmal eine Pause macht, nimmt auch er das Wort.

»Die größte meiner Lampen wollen Sie aufstellen?«

»Die größte und stärkste Lampe, die es überhaupt gibt«, bestätigt Professor Deleuil die Frage.

»Hm, hm.« Archereau streicht sich nachdenklich über die Stirn. »Meine größte Lampe braucht viel Strom. Wie ich es überschlage, werden wir eine Batterie von 200 Elementen brauchen.«

»Richtig, mon confrère. Die brauchen wir«, fällt ihm Deleuil ins Wort. »Die brauchen wir, und die werden wir auch schnell haben.«

Nachdenklich stützt Archereau den Kopf in die rechte Hand. Zögernd beginnt er zu sprechen. »Für die stärksten Lampen brauchen wir auch die größten Elemententypen. Ich zweifle, ob sich zweihundert Exemplare davon so schnell auftreiben lassen. Die Gläser dafür werden wahrscheinlich erst angefertigt, die Tondiaphragmen dafür erst geformt und gebrannt werden müssen. Es kann Wochen dauern, bis wir alles zusammen haben.«

»Wir dürfen keine Zeit verlieren«, unterbricht ihn Deleuil, »wir brauchen schönes Wetter für unser Experiment. Bei Regen und Schnee geht der größte Teil der Wirkung zum Teufel. Die Bäume auf der Place de la Concorde müssen noch in vollem Laub stehen. Mildes Herbstwetter muß herrschen, wenn wir die Illumination veranstalten, sonst läuft uns das Publikum davon.«

Archereau wirft einen Blick auf den Wandkalender.

»Wir schreiben heute den 15. September, Herr Professor Deleuil«, meint er danach. »Da ist nicht viel Zeit zu verlieren, wenn wir mit der Witterung noch zurechtkommen wollen.«

»Ah bah!«, schiebt Deleuil den Einwand beiseite. »Die neuen Gläser können in acht Tagen geblasen sein. Die liefert uns jede Glashütte. Die Diaphragmen brauchen auch keine längere Zeit. Es gibt da eine Poterie in la Courneuve, die uns die Sache machen kann. Ich bin mit dem Besitzer bekannt, werde noch heute nachmittag zu ihm hinausfahren, sobald wir die Maße festgelegt haben. Dicht dabei, in St-Denis, ist auch eine Glashütte. Da läßt sich alles in einer Tour erledigen. Nur über die Maße müssen wir uns vorher klarwerden. Welche Größe haben Sie sich ungefähr gedacht?«

Schon greift Deleuil nach einem Bleistift, um zu Papier zu bringen, was sie nun beschließen wollen, als Archereau mit einem neuen, schwerwiegenden Einwand kommt.

»Haben Sie auch daran gedacht, welche Kosten das Unternehmen verschlingen wird?«

Kosten?! Zum erstenmal fällt das Wort in ihrer Unterredung, und es nimmt bald eine bedrohliche Gestalt an, als Deleuil nun die Zahlen notiert, die Archereau vorbringt.

»200 Elemente soll die Batterie haben. Rechnen wir für das einzelne Element ohne Säurefüllung einmal 30 Franken...«

»30 Franken? Ist das nicht zu hoch gegriffen?« versucht Deleuil zu widersprechen.

»Nicht zu hoch und nicht zu niedrig«, verteidigt Archereau seine Zahl. »Ich denke, daß wir mit diesem Satz ohne Komplikationen und Nachforderungen auskommen werden.

»6000 Franken für die leere Batterie«, notiert Deleuil auf seinem Block.

»Für die Füllung werden wir pro Element 10 Franken ansetzen müssen«, stellt Archereau weiter fest. Wieder protestiert Deleuil gegen die Höhe des Betrages, aber Archereau belehrt ihn schnell eines Besseren.

»Sie müssen an die nötige Nachfüllung denken, mon confrère. Die Salpetersäure muß stündlich erneuert werden, wenn die Batterien ihre volle Kraft behalten sollen. Wenigstens vier Stunden, ich denke etwa von 6 bis 10 Uhr abends, soll unsere Lampe brennen. Da müssen wir viel Salpetersäure in Reserve haben.«

»2000 Franken für Chemikalien«, schreibt: Deleuil als zweiten Posten nieder.

»Rechnen wir für die Aufstellung der Batterie, für die Montage der Lampen und als Löhne für die nötigen Hilfskräfte noch einmal 2000 Franken«, fährt Archereau in seinen Darlegungen fort, »so kommen wir auf insgesamt 10 000 Franken. Die Lampe haben wir, gottlob«. Er deutet, während er es sagt, auf die messingenen großen Regelwerke, die in einer Vitrine an der Wand stehen. »Ja, mein Lieber, 10 000 Franken, und 2000 hätte ich noch gern für Unvorhergesehenes. Das wäre die Summe, die wir für unsere Illumination benötigen. Ich habe sie nicht. Die Mittel meines Cabinets sind leider beschränkt. Verfügen Sie darüber?«

Jetzt ist es an Deleuil, die Stirn in nachdenkliche Falten zu legen. Er hat die Summe ebensowenig disponibel wie der andere. So hoch hat er sich die Kosten dieser Illumination überhaupt nicht vorgestellt und bisher kaum an die Geldfrage gedacht. Aber da der andere nun das heikle Problem aufwirft, beginnt sein lebhafter Geist auch sofort zu arbeiten.

»Die Kostenfrage? Pah! An den lumpigen 10- oder 12 000 Franken darf unser Projekt nicht scheitern.«

Hat er nicht erst kürzlich bei einer Soiree des Ministers Barelle den Bankier Leblanc kennengelernt, einen schnell reich gewordenen ehrgeizigen Finanzier? Der Mann will dekoriert werden. Er ist bereit, Tausende von Franken für irgendeine gemeinnützige Sache zu stiften, wenn seine Knopflochschmerzen gestillt werden. Der wird die Summe ohne Zögern hergeben, wenn man ihm einen Orden in Aussicht stellen kann. Minister Barelle – Professor Deleuil kennt ihn seit langem genau – wird mit sich reden lassen und die Sache vermitteln.

»Wo wollen wir diese Summe hernehmen?« fällt die Frage von Dr. Archereau in das Nachdenken Deleuils.

»Ich werde das vermitteln«, erwidert Deleuil mit Bestimmtheit, »in 48 Stunden werden wir das Geld haben.«

»Großartig, Herr Professor.« Anerkennung und etwas Bewunderung klingt aus den Worten von Doktor Archereau. Dieser Professor ist doch ein Teufelskerl. Immer weiß er einen Ausweg. Nach allen möglichen Stellen hin hat er Verbindungen. Auch jetzt wird er sicher Rat schaffen.

»Sie übernehmen also die Finanzierung und die Beschaffung der Gläser und Diaphragmen«, schließt Dr. Archereau die Vorbesprechung, »...ich werde für die Chemikalien und alles übrige sorgen und die Lampe liefern«.

»Abgemacht, mon confrère!«

Professor Deleuil will sich verabschieden, als Archereau ihn noch einmal zurückhält.

»Vergessen Sie auch nicht, daß wir die Zustimmung der Behörden für unsere kleine Illumination benötigen. Sie könnten vielleicht...«

»Wird gemacht. Wenn ich den Minister spreche, werde ich das gleich mit vorbringen. Keine Sorge, cher confrère, das wird uns keine Schwierigkeiten bereiten.« Und dann bricht Professor Deleuil auf, um sofort mit Eifer an die neue Aufgabe zu gehen. –

Es hat mehr Mühe und Zeit gekostet, als Professor Deleuil in seinem Optimismus zuerst annimmt. Man ist während der Vorbereitungen bereits in den Oktober hineingekommen, aber zuletzt hat doch noch alles geklappt. Monsieur Leblanc hat die erbetene Summe gestiftet und darf seit einer Woche eine rote Rosette im Knopfloch tragen. In Wagenladungen sind die Gläser und Diaphragmen für die große Batterie in der französischen Hauptstadt eingetroffen, und ein Machtwort des Ministers hat Wunder getan. Nicht nur die Place de la Concorde, sondern auch das Denkmal der Stadt Straßburg ist für diese physikalische Demonstration zur Verfügung gestellt worden. In den umfangreichen Räumlichkeiten des steinernen Unterbaues der Statue hat Dr. Archereau auf hölzernen Regalen die 200 Elemente der großen Batterie aufgebaut. Die längste Feuerleiter der Pompiers ist an die Bildsäule angelegt worden, und auf dem Schoß der Statue steht auf einer provisorisch angebrachten hölzernen Konsole das größte Lampenwerk von Dr. Archereau. Von unten her gesehen fällt es wenig auf und ist für die Menge, die sich schon während der Nachmittagsstunden auf dem Platz bewegte, kaum bemerkbar.

Die Zeitungen haben nur eine kurze Notiz über das geplante Experiment der beiden angesehenen Gelehrten gebracht, aber von Mund zu Mund hat sich dann die Nachricht weiterverbreitet und damit an Umfang und Inhalt zugenommen.

»Eh, Monsieur!« spricht Monsieur Duval den Monsieur Dumont an. »Haben Sie es gehört? Die Place wird eine neue Beleuchtung bekommen, mit dem elektrischen Bogenlicht, das tausendmal stärker ist als unser altes Gaslicht. Eine Erfindung von Docteur Archereau soll es sein.«

»Das trifft nicht zu, meine Herren«, mischt sich Monsieur Meunier als Dritter in das Gespräch, »das elektrische Bogenlicht hat Monsieur Davy erfunden. Er hat es auch schon vor vierzig Jahren in Paris vorgeführt.« –

»Davy? Wer ist Davy?« fragt Monsieur Dumont.

»Ein Engländer natürlich«, sekundiert ihm Monsieur Duval. »Was brauchen wir Engländer in Paris? Unser Dr. Archereau hat die Erfindung gemacht.«

»Aber in den physikalischen Büchern wird doch ausdrücklich vom Davyschen Lichtbogen berichtet«, versucht Monsieur Meunier seine Ansicht zu verteidigen. Doch er kommt damit nicht weit, denn die Stimmung um ihn herum ist ausgesprochen für Doktor Archereau. –

Während so und ähnlich an hundert Stellen auf dem gewaltigen Platz hin und her geredet wird, hockt Dr. Archereau in schwindelnder Höhe auf den Knien der Statue und überprüft noch einmal seine Lampenwerke. In dem Sockelraum aber überwacht Professor Deleuil seine drei Assistenten, die dabei sind, aus mächtigen Ballonflaschen Salpeter- und Schwefelsäure in die Elemente der Batterie überzufüllen.

»Vorsichtig mit der Salpetersäure, Carpentier!« ermahnt er den einen. »Hüten Sie sich, etwas davon an Ihre Kleidung zu bringen. Das Zeug frißt sich durch Rock, Weste und Hemd bis auf die Haut durch. Allô, Bricout, sind Sie des Teufels, Mann?« fährt er den zweiten an. »Wischen Schwefelsäure mit dem Taschentuch auf?! Wissen Sie nicht...«, und nun kann Professor Deleuil es sich nicht verbeißen, einen kleinen chemischen Vortrag zu halten: »Wissen Sie denn nicht«, doziert er, »daß die Zellulose der Leinwand durch die Schwefelsäure in Hydrozellulose verwandelt wird? Loch neben Loch werden Sie im Tuch finden, wenn es wieder aus der Wäsche kommt. Seien Sie vorsichtig mit den Chemikalien, meine Herren, es ist mit den Säuren nicht zu spaßen«, läßt er seine Rede in eine Ermahnung ausklingen, um sich dann wieder mit dem Zusammenschalten der Elemente zu befassen.

Von jedem der Kohlenblöcke, die sich in der Salpetersäure der Diaphragmen befinden, ist ja ein Verbindungsdraht zu dem Zinkblech des nächsten Elements zu führen, das dort in verdünnter Schwefelsäure steht. Verschiedentlich muß Professor Deleuil dabei husten und nießen, denn der Wasserstoff, der von den Zinkblechen aufperlt, reißt immerhin etwas Schwefelsäure mit, die ihm unangenehm in die Nase zieht, und die Salpetersäure stößt Dämpfe aus, welche den Hals reizen.

Stattlich nehmen sich die großen Elemente der gewaltigen Batterie auf den Regalen aus. In Reih und Glied ausgerichtet wie die Grenadiere einer Kompanie stehen sie da. Die Leitungen führen von der Batterie zunächst zu einem Schaltgerät, das Dr. Archereau mitgebracht hat. Es gestattet die An- und Abschaltung einzelner Elementengruppen. So wird es möglich sein, später während des Betriebes einzelne Teile der Batterie, in denen die Säure erschöpft ist, abzuschalten und neu zu füllen, während frische Elemente die Versorgung mit elektrischem Strom übernehmen.

Einen imposanten Eindruck macht die ganze Anlage, und doch ist Professor Deleuil nicht restlos befriedigt, denn die störenden Nebenerscheinungen, welche die Chemikalien nun einmal hervorrufen, fallen ihm auf die Nerven. Er atmet auf, als es endlich so weit ist, als ein Bote von draußen ihm die Meldung Archereaus bringt, daß es Zeit ist, die Lampen einzuschalten. In der Tat ist die Dämmerung inzwischen hereingebrochen. Nur sehr mäßig ist der weite Platz um die Statue herum beleuchtet, denn der größte Teil der Gaskandelaber ist für diesen Abend außer Betrieb gesetzt.

Professor Deleuil geht zu den Schaltern und legt die Hebel ein; Batteriestrom fließt durch die an der Statue nach oben geführten Leitungen. Ein dumpfes Brausen von draußen, das bald in lautes Schreien und Jubeln übergeht, gibt ihm Kunde davon, daß die Lampe auf dem Denkmal brennt. Er trocknet sich die feuchte Stirn und tritt aus dem Batterieraum ins Freie; muß erst ein paarmal kräftig Luft holen, um das beklemmende Gefühl auf der Brust loszuwerden, und sieht sich dann um, schaut nach oben und läßt seine Blicke über den weiten Platz gehen. Einen Seufzer der Erleichterung stößt er aus. Die Lampe Archereaus funktioniert. Ein mächtiges, breites Lichtbündel geht von der Statue aus und läßt weite Teile des Platzes in silberhellem Licht aufleuchten. Düster und unscheinbar wirken daneben die wenigen Gaslampen, die man zur Sicherheit brennen ließ. Grell treten einzelne Gruppen der vielen Zuschauer hervor, die von der vollen Stärke der Lichtbündel angestrahlt werden. Jede Einzelheit der Gesichtszüge, jede Bewegung der lebhaft gestikulierenden Menge kann Deleuil deutlich erkennen.

Noch einmal schöpft er tief Atem. Erst jetzt, da die Nervenspannung sich löst, machen die Anstrengungen der letzten Stunden sich bei ihm bemerkbar. Für einen Moment muß er sich an das Mauerwerk des Sockels lehnen, ruhen, neue Kräfte für die nächsten Stunden sammeln. Minutenlang schließt er die Augen, öffnet sie dann wieder und hat jedesmal das gleiche Bild vor sich. Eine von dem ungewohnten Schauspiel freudig erregte Menge, aus der ihm die nächststehenden jetzt zujubeln, als sie den im Schatten des Postaments stehenden Mann entdecken. Schon werden Rufe laut: »Hoch Professor Deleuil!« Einige aus der Menge, die um sein Verdienst um das Zustandekommen dieser Illumination wissen, haben es zuerst gerufen, und wie eine Parole läuft es nun schnell durch die Massen weiter.

Da hält es Deleuil nicht mehr länger an seinem Platz aus. »Vive Archereau!« schreit er und kehrt wieder in den Elementenraum zurück. Wohl hätte er noch Zeit, könnte draußen frische Luft schöpfen, denn für die nächste Stunde werden die Batterien keiner Nachfüllung bedürfen, aber er möchte sich diesen Ovationen entziehen – so lange wenigstens, bis die Lampe vier Stunden hindurch gebrannt hat und das Experiment vollkommen geglückt ist. Schwer legt sich ihm der Säuredunst auf die Lungen, als er wieder in dem Sockelraum steht. Dunkel wirkt die Kerzenbeleuchtung hier, nachdem seine Augen das glänzende Licht draußen geschaut haben. Minuten verstreichen, bevor er wieder Einzelheiten erkennen kann, und fast bringt es ihm Erleichterung, als er Gelegenheit findet, seinen Assistenten die Meinung zu sagen.

»Sind Sie ganz von Gott verlassen, Monsieur Noir«, fährt er den dritten Laboranten an. »Sie stehen in der klaren Schwefelsäure. Ihr Schuhwerk wird Ihnen heute abend in Fetzen von den Füßen fallen. Meine Herren, ich beschwöre Sie«, fährt er an alle drei Assistenten gewandt fort, »seien Sie doch vorsichtig. Die Säuren dürfen nicht vergossen werden!« Er deutet auf eine Ecke des Raumes. »Da steht eine Kiste mit Sägespänen, streuen Sie davon etwas über die Säurelachen aus.«

Seiner Anordnung wird Folge geleistet, aber es genügt ihm noch nicht, öfter als einmal müssen Carpentier und Bricout die Kiste draußen mit Sand füllen und diesen innen im Raum verstreuen, bis der Boden wieder vollkommen trocken ist.

Eine Stunde ist darüber verstrichen, und Professor Deleuil hält es an der Zeit, nun frische Teile der Batterie an die Lichtleitung an- und andere dafür abzuschalten. Das ist bald geschehen, doch nun beginnt der nächste Teil der Arbeit, der fast noch schwieriger ist als die erste Füllung der Batterie.

Es handelt sich darum, die verbrauchte Salpetersäure aus den Diaphragmen zu entfernen und durch frische zu ersetzen. Glasheber hat Professor Deleuil für diesen Zweck mitbringen lassen. Seine Assistenten kennen diese Apparate, denn oft genug haben sie damit in seinem Laboratorium gearbeitet. Aber hier in dem engen, schlecht beleuchteten Raum und in der Hast geht das doch nicht so glatt wie daheim im Laboratorium. Immer wieder muß er selbst zugreifen, um Unheil zu verhüten, um vor allen Dingen zu verhindern, daß nicht etwa Salpeter- und Schwefelsäure irgendwo zusammenkommen. Er hat keinen trockenem Faden mehr am Leibe, als die Frischfüllung endlich erledigt ist, und eine zweite Stunde ist beinahe darüber vergangen. Schon wieder wird es Zeit, eine Abschaltung vorzunehmen. Nur für einen Augenblick hat er danach Zeit, hinauszugehen. Ein Blick überzeugt ihn, daß das Licht nach wie vor in der alten Stärke brennt, und daß die Menge auf dem Platz inzwischen noch größer geworden ist. Dann muß er wieder zurück zu den Elementen, und das Auffüllungsmanöver beginnt von neuem.

Dr. Archereau hat bei dieser Illumination bestimmt das bessere Teil erwischt, geht es ihm durch den Kopf, während er wieder frische Säure in die Diaphragmen hebert und zwischendurch wieder husten und spucken muß. Der sitzt da oben in luftiger Höhe und braucht sich nur um seine Lampe zu kümmern.

Er tut dem Kollegen dabei in Gedanken unrecht, denn auch der hat es nicht leicht. In frischer Luft ist er da oben auf den Knien der Statue allerdings, aber warm ist ihm inzwischen auch geworden. Gewiß, seine Lampe funktioniert. In regelmäßigen Abständen beginnt das Uhrwerk zu schnurren und schiebt die Kohlenstifte dem Abbrand entsprechend nach. Aber hin und wieder gibt es doch eine Hemmung. Da klemmt sich hier eine Zahnstange, da wollen dort zwei Zahnräder nicht recht vorwärts, und Dr. Archereau muß auf der Konsole herumturnen, um das Werk mit sanfter Gewalt wieder in Gang zu bringen. Allzuviel Zeit, die Illumination auf der Place zu bewundern, bleibt ihm dabei kaum. Auch ist es mit der Blendung eine üble Sache. Hat er einmal, ohne das schwarze Schutzglas zu benutzen, in den Lichtbogen gesehen, so ist er für die nächste Minute fast blind und muß seinen Augen erst Zeit zum Ausruhen gewähren, bevor er eine neue Kletterpartie riskieren kann. Gott sei Dank ist er wenigstens schwindelfrei, aber auch er wünscht allmählich das Ende dieser Vorführung herbei und fängt an, die Minuten zu zählen.

Erfreulicherweise macht Kollege Deleuil unten bei den Batterien seine Sache tadellos. Der Strom fließt der Lampe in ungeschwächter Stärke zu, und nach wie vor bestrahlt das breite Lichtbündel den weiten Platz, die springenden Fontänen und die wogende Zuschauermenge.

Die vierte Stunde, die letzte der geplanten Vorführung, ist darüber herangekommen. Das Lampenwerk hat sich jetzt gut eingearbeitet. Nur noch selten braucht Dr. Archereau daran zu rütteln, dafür macht er sich jetzt den Spaß, den Parabolspiegel hinter dem Lichtbogen etwas zu bewegen und auf diese Weise verschiedene Stellen des Platzes anzustrahlen; das dumpfe Brausen, das aus der Tiefe zu ihm empordringt, zeigt ihm, daß auch dies neue Schauspiel Gefallen findet. Die letzte Viertelstunde ist angebrochen. Gerade macht sich Dr. Archereau wieder an dem Spiegel zu schaffen, als sich eine Stimme hinter ihm vernehmen läßt. Es ist Professor Deleuil, der bei den Batterien nun nichts mehr zu tun hat. Da hielt es ihn nicht länger dort unten. Auf der langen Feuerleiter ist er emporgeklettert und steht jetzt neben Dr. Archereau.

»Allô, Docteur!« ruft er ihn an, und die ganze alte Lebhaftigkeit klingt wieder aus seinen Worten. »Nun haben wir's geschafft. Diese letzten zehn Minuten kann es keinen Zwischenfall mehr geben ... Wir haben unseren Namen heute einen Platz auf den Geschichtstafeln der Technik gesichert. Wir sind die Pioniere einer neuen Zeit!« Er wendet sich um und blickt über die Place de la Concorde. Weithin fluten über den mächtigen Raum die Strahlen des elektrischen Bogenlichtes. Rot und gelb glänzen in ihrem Schein die herbstlich gefärbten Baumkronen der beiden großen Gärten, die sich dem Platz anschließen. Wie in einem Fiebertaumel wogt unten die von dem Schauspiel begeisterte Menge auf und ab.

Dr. Archereau sieht auf seine Uhr. »Noch zwei Minuten«, konstatiert er ..., »noch eine Minute«, stellt er etwas später fest, und dann kommt der Augenblick, da er zu dem Schalter greift. Mit einem Schlag erlischt das Lichtmeer. Im Dunkeln liegt der Platz, von dem Geräusch in die Höhe dringt. Beifall der vielen tausend Zuschauer, gemengt mit einem enttäuschten Gemurmel, daß die Illumination schon zu Ende ist. –

Im Sockelraum stehen die drei Assistenten von Professor Deleuil bei der Batterie. Sie sind abgekämpft und froh, daß die Sache glücklich vorbei ist.

»Tolle Idee von Professor Deleuil«, meint Bricout, »alle Tage möchte ich das um mein Leben nicht machen. Weiß der Teufel, wie er auf diese Idee verfallen ist.«

»Der Chef weiß, was er tut«, mischt sich Noir ein, »er wird morgen wieder eine gute Presse haben. Passen Sie auf, meine Herren, unser Chef hat noch eine Karriere vor sich.«

Carpentier hat schweigend zugehört. Jetzt zuckt er mit den Achseln. »Vielleicht, vielleicht auch nicht«, äußert er sich skeptisch. »Sehen wir einmal von unserer Arbeit und verdorbenen Kleidung ab und ziehen das Resultat. Vier Stunden hindurch haben wir eine Lichtquelle mit 12 000 Kerzenstärken brennen lassen. Das sind 12 000 Kerzenstärken über vier Stunden oder 48 000 Kerzenstunden. Gekostet hat uns der Spaß 12 000 Franken. Das macht also 25 Centimes für die Kerzenstunde. Der Scherz ist reichlich teuer. Ich glaube, sobald wird es eine zweite Illumination dieser Art in Paris nicht geben.« –

Am Cap la Hêve (1855)

Der alte Jean Boutin saß nach getaner Mahlzeit auf der Holzbank vor dem massigen, altersgrauen Leuchtturm von La Hêve und setzte seine Pfeife in Brand. Während er den Tabak unter kräftigen Zügen aufglühen ließ, wanderten seine Blicke über die schimmernde Fläche des Ärmelkanals. 100 Meter tief fiel die Steilküste dicht vor ihm zum Strand ab; weithin konnte er von seinem Platz aus die See überschauen. Ein Schiff zog von Osten her durch die Fluten; ein Segler mit drei Masten, soviel sich mit bloßem Auge erkennen ließ. Eben wollte er zu dem neben ihm liegenden Fernrohr greifen, als seine Aufmerksamkeit von einer anderen Seite her in Anspruch genommen wurde.

Ein Mann, kaum jünger als Jean Boutin, kam von der Landseite heran. Ein Esel trottete neben ihm her, an dessen Seiten zwei Körbe hingen. Weiße, knusprige Brote lagen in den Körben.

»Allô, Matthieu!« Während er es rief, hatte Jean Boutin sich erhoben, ging dem anderen ein paar Schritte entgegen und sprach dabei weiter: »Gut, daß Ihr endlich kommt. Unser Brot geht zu Ende. Habe schon auf Euch gelauert.«

Der Angeredete lachte: »Keine Sorge, mein Alter! Vater Lahure läßt seine Kunden nicht im Stich.« Er zog vier Brote aus den Körben und schaute sich neugierig um, während Jean Boutin sie in Empfang nahm. Eine umfangreiche Holzbaracke, frisch geteert und, wie umherliegende Holzabfälle dartaten, offensichtlich erst vor kurzem errichtet, fesselte die Aufmerksamkeit von Vater Lahure. Interessiert betrachtete er sie, während Jean Boutin die Brote in den Turm trug. Fast achtlos steckte Lahure darnach die acht Sous, die ihm der Leuchtturmwächter in die Hand drückte, in die Tasche, ohne den Blick von der Baracke zu lassen.

»He, Matthieu! Ihr habt den langen Weg von Harfleur hinter Euch, ruht Euch ein wenig aus«, schlug ihm Jean Boutin vor und zog ihn zu der Bank hin.

»Seit einem Monat ist es bei Euch anders geworden, Jean«, hub Lahure an, während er neben Boutin Platz nahm. »Man hat Euch da von Paris eine nette Kompanie hergeschickt. Die werden Euch Eure Arbeit wohl bald ganz abnehmen. Nun, Euch braucht's nicht zu kümmern, Ihr habt Eure 30 Jahre Dienst hinter Euch, habt Eure Pension redlich verdient.«

Jean Boutin zog kräftig an seinem Nasenwärmer und spuckte ein paarmal aus.

»Ist eine neue Zeit in Frankreich angebrochen; seit wir wieder einen Kaiser haben«, begann er, »sind in den letzten drei Jahren neue Manieren und Methoden in Mode gekommen. Die in Paris wollen jetzt auch ein neues Licht in unsere Türme bringen. Die gute alte Öllampe genügt ihnen nicht mehr. Mit einer Magnetmaschine sind sie hier angerückt. Haben ein rußiges, rauchendes Vieh von einer Dampfmaschine mitgebracht und wirtschaften jetzt schon vier Wochen damit herum. Na, mir soll's recht sein. Wenn ihnen das alte Licht nicht mehr paßt, mögen sie es mit dem neuen versuchen. Wenn es schief geht, ist immer noch die alte Lampe da. Ich habe sie gut aufgehoben. Wenn's not tut, kann ich sie jederzeit wieder in die Turmlaterne bringen.«

Matthieu Lahure schüttelte den Kopf: »Gebt Euch keinen falschen Hoffnungen hin, Jean. Die alte Lampe kommt nicht wieder. Das neue Licht ist besser. Wir haben es in den letzten Tagen beobachtet. Bei uns in Harfleur war der Schein noch so hell, daß man die Druckschrift in einem Buche lesen konnte, und wir liegen sieben Lieues von euch ab. Ich möchte wohl wissen, wie weit man das neue Leuchtfeuer von der See her erkennen kann. Würde mich nicht wundern, wenn's bis nach England hinüber leuchtet.«

Jean Boutin schlug ihm auf die Schulter und lachte: »Man merkt es, Matthieu, daß Ihr ein Bäcker und kein Seemann seid. Sonst würdet Ihr wissen, daß die Erde rund ist und das stärkste Licht nicht über die Kimm reicht.«

Den Einwurf wollte Lahure nicht gelten lassen. Er versteifte sich darauf, daß es mit der neuen, mächtigen Lichtquelle doch möglich sein müßte, über die ganze Kanalbreite hin bis Brighton zu leuchten, und um ein Haar wäre es darüber zwischen den beiden alten Freunden noch zu einem Streit gekommen. –

Während die beiden Alten vor dem Turm auf ihrer Bank saßen und immer hitziger Rede und Gegenrede wechselten, war es den drei anderen Leuten, die in der Baracke hantierten, keineswegs sehr siegessicher zumute. Dicht beieinander standen sie vor der großen magnetisch-elektrischen Maschine, die vor einigen Wochen zu Schiff von Paris her die Seine hinabgekommen war, und hielten, ähnlich wie Ärzte am Krankenbett eines Patienten, eine Art von Konsilium ab.

»Verdammt flackerig war das Licht in der letzten Nacht«, meinte Pierre Plasset, der die Heizung des Dampfkessels zu besorgen hatte, »ich ging ein paarmal, nachdem ich frische Kohlen aufgeworfen hatte, ins Freie und beobachtete die Lampe. Es war kein richtiger Saft in der Sache. Mal schienen die Lampenkohlen zusammenzukleben, mal wieder zu weit auseinander zu laufen. Irgend was stimmte nicht. Ich merkte es auch am Kohlenverbrauch. Die letzte Nacht brauchte ich weniger auf die Feuerung zu werfen als sonst.«

»Kein Wunder, Pierre«, unterbrach ihn der Maschinist Paul Montard. »Ich habe diese Nacht nur ein knappes Viertel Dampffüllung geben können. ließ ich mehr Dampf in den Zylinder, dann stieg die Tourenzahl gleich zu hoch. Ist ja sonnenklar! Weniger Dampf verbraucht, also auch weniger Kohlen verfeuert.« –

Während Maschinist und Heizer so über ihre Erfahrungen reden, steht der Elektriker François Caradon, die Hände tief in die Hosentaschen vergraben, mit sorgenvoller Miene daneben, ohne vorläufig ein Wort zu sagen. Nun zieht er die Rechte aus der Tasche; einen ehrwürdig alten Hausschlüssel hält er zwischen den Fingern, der jetzt neben seiner ordnungsmäßigen Bestimmung auch als Meßinstrument dienen muß. Er bringt den eisernen Schlüssel an die Pole eines der großen Hufeisenmagnete der Alliancemaschine. Klappernd schlägt der Schlüssel dagegen. Ohne sonderliche Anstrengung zieht ihn François Caradon wieder ab und macht das gleiche Experiment auch noch an einer Reihe anderer Magnete.

»Nom d'un chien«, murmelt er durch die Zähne, während seine Miene sich stärker verdüstert. Mit einer jähen Bewegung schiebt er den Schlüssel in die Tasche zurück und wendet sich an seine Kameraden.

»Mit dem Schlaf ist's für heute nachmittag vorbei. Die Magnete sind schon wieder schlapp geworden! Hilft alles nichts! Wir müssen sie gegen neue auswechseln! 'ran an die Gewehre! Allons, Pierre! Vorwärts, Paul! Bis Sonnenuntergang müssen wir alles klar haben.« Auch Pierre und Paul beweisen jetzt, daß sie schön fluchen können, aber das ändert nichts an der Sache. Sie müssen 'ran an die Arbeit, so sauer sie ihnen auch ankommt.

»Verdammte Schufterei!« knurrt der Heizer Plasset und bemüht sich, zusammen mit dem Maschinisten Montard, einen der fast zwei Zentner schweren Magnete, dessen letzte Schrauben Caradon eben gelöst hat, festzuhalten und auf den Boden abzulegen. »Dreckkram, verfluchter!« schimpft er weiter, trocknet dabei die schweißfeuchte Stirn und wirft einen mißtrauischen Blick auf die Lichtmaschine.

François Caradon, der es augenblicklich am leichtesten von den dreien hat, sieht ihn spöttisch an. Ihm ist auch nicht wohl zumute, denn in erster Linie ist er der Alliance-Compagnie für das gute Funktionieren der Lichtmaschine verantwortlich, aber er will die anderen seine Sorgen nicht merken lassen.

»Ja, mein lieber Pierre«, beginnt er zu dozieren, wie er es so oft von Direktor Meunier in Paris gehört hat, »die Maschine hat acht sternförmig um den Anker angeordnete Magnetmagazine. Jedes Magazin enthält neun Magnete und jeder Magnet wiegt siebzig Kilogramm. Wir müssen also Magnetstahl im Gewicht von etwa fünf Tonnen abnehmen und die gleiche Menge wieder ansetzen. Also müssen wir…«

»Merde!« unterbricht ihn Plasset und spuckt kräftig aus.

Caradon hält es unter seiner Würde, ihm darauf zu antworten. Ein Kesselheizer hat nun mal seinen eigenen Stil und verfügt nicht über eine so gebildete Ausdrucksweise wie ein Elektriker. Außerdem ist überhaupt keine Zeit zu überflüssigen Debatten vorhanden, denn sie müssen sich scharf 'ranhalten, wenn bis zum Sonnenuntergang alles betriebsbereit sein soll. –

Eine Stunde und noch eine halbe vergehen, in der sie arbeiten …»Wie die Tiger«, meint Caradon. »Wie die Türken«, sagt der Maschinist Montard. »Schlimmer als Affen im Bagno«, flucht Plasset. Dann ist der letzte Magnet endlich abgenommen. Jetzt heißt es, die schweren Kisten öffnen und einen der Magnetreservesätze herausnehmen, welche die Compagnie aus Paris vorsorglich mitgeschickt hat.

»Die haben noch volle Kraft! Mit denen wird's ein anderes Licht geben!« stellt der Elektriker befriedigt fest, während er von einem der neuen Magnete das Weicheisenstück abzieht, mit dem die beiden Pole des großen Hufeisens geschlossen sind.

Wieder beginnt die Arbeit, und diesmal ist sie noch ein gutes Teil schwieriger als vorher. Auf den Millimeter genau müssen ja die neuen Magnete an das Maschinengestell geschraubt werden, damit ihre Pole möglichst dicht an den Spulen des Ankers stehen, ohne doch von diesen gestreift zu werden. Zu allem Überfluß läuft ihnen Plasset während der Arbeit ein paarmal fort, um immer schon das Feuer unter dem Kessel anzuzünden. Nur zu zweit müssen sie sich zeitweise mit den schweren Stahlmassen abmühen, und mancher Schweißtropfen wird noch vergossen, bis der letzte Magnet an seinem Platz festgeschraubt ist. Der alte Boutin, der ein paarmal an der offenen Tür des Schuppens auftaucht, um seine Hilfe anzubieten, wird kurz abgewiesen.

»Später, Vater Boutin!« ruft Caradon ihm nach, »wenn die Maschine läuft, könnt ihr mit mir auf den Turm gehen und Euch mit um die Lampe kümmern.« Verdrossen zieht Jean Boutin wieder ab. Viel hat er mit dem neuen Licht und den Leuten aus Paris nicht im Sinn. Nur für Pierre Plasset hat er allenfalls etwas übrig, denn der ist Normanne wie er selber. Die anderen?! Zut! Pah! Pariser aus Paris! ...

Jean Boutin steht am Rande der Steilküste und sieht, wie fern im Westen der Sonnenball die Kimm zwischen der See und dem Himmel berührt. Vor seinem Kessel arbeitet Pierre Plasset, wirft eine Schaufel Kohle nach der anderen ins Feuer und sieht inzwischen hin und wieder auf das Manometer, das schon den vorgeschriebenen Druck von sechs Atmosphären anzeigt. Im Maschinenraum daneben öffnet Paul Montard das Dampfventil. Langsam geht die Maschine an, die es nach den Angaben ihres Erbauers bei größter Zylinderfüllung auf fünf Pferdestärken bringen soll.

Der Treibriemen, der von ihr zur Lichtmaschine läuft, nimmt auch deren Anker mit. François Caradon steht daneben. Eine Weile verfolgt er das sinnverwirrende Spiel des Ankers, der in der Mitte des gewaltigen Magnetsternes von der Dampfkraft herumgewirbelt wird. Noch einmal befühlt er die beiden Achslager und überzeugt sich, daß sie nicht warm werden. Dann geht er, den alten Boutin zu suchen, und klettert mit ihm auf den Turm.

Auf dreimal dreißig Stufen steigt der Wanderer in die steile Höhe. Fast neunzig Stufen sind es, die Caradon und Boutin zu bewältigen haben, dann stehen sie in der verglasten Turmlaterne. Der Alte muß sich erst ein wenig verschnaufen, während Caradon sich schon immer an der Apparatur zu schaffen macht.

Da steht vor ihm das schimmernde Gebilde, von dem Genie eines Fresnel erdacht und von geschickten Schleifern in Paris in die Form prismatischer Kreislinsen gebracht. Da hängt in diesem kristallenen Käfig die neue, elektrische Lampe, eine Art von Uhrwerk, das nach den Plänen des Physikers Foucault durch den Lampenstrom so geregelt wird, daß es die Spitzen der beiden Kohlenstifte in richtigem Abstand voneinander hält.

Caradon zieht die Lampe an einem Drahtseil nach oben aus der gläsernen Optik heraus, entfernt die bis auf kurze Reste abgebrannten Kohlen der vergangenen Nacht und ersetzt sie durch neue lange Stifte. Während das Uhrwerk noch abschnurrt und die Stifte zusammenlaufen, senkt er die Lampe wieder in die Optik hinein, wirft einen Blick auf seine Taschenuhr und geht zu dem Schalter an der Wand.

»Achtung, Vater Boutin!« Während er es sagt, rückt er den Schalter ein. Der elektrische Strom, der aus der Maschinenbaracke tief unter ihnen kommt, hat freie Bahn zur Lampe. Zwischen den Spitzen der Kohlenstifte zischt es auf. Ein weißer Punkt erglänzt zwischen ihnen, wird größer und wächst weiter, während das Uhrwerk arbeitet. Für Sekunden muß der alte Boutin geblendet die Augen schließen, denn in heller Weißglut erglühen jetzt die Kohlenspitzen. Eine Lichtfülle von 3000 Kerzenstärken strahlt von ihnen aus. Durch das Linsensystem der Optik zusammengefaßt, gehen mächtige Lichtbalken weit über die See und das Land hin.

Es ist doch etwas anderes … etwas viel Stärkeres als die alte Öllampe, muß Vater Boutin sich selber widerstrebend eingestehen, als er die Augen allmählich wieder öffnet. Ein Viertelstündchen leistet Caradon ihm noch Gesellschaft und beobachtet die elektrische Lampe, dann verläßt er ihn, um unten bei der Lichtmaschine nach dem Rechten zu sehen. Der Alte ist allein und macht es sich in einem Lehnstuhl bequem. Viel weniger hat er jetzt zu tun als früher bei der Wartung der Öllampe. Da galt es oft, einmal hinzuspringen und den Ölzufluß zu regeln. Da hieß es stets, auf dem Posten sein, wenn das Licht etwa zu schwach brannte oder wenn das Öl zu stark zur Lampe floß. Das alles ist jetzt nicht mehr nötig. Das neue Licht brennt entweder gut oder es brennt schlecht, aber das hängt von denen da unten bei der Lichtmaschine ab. Vater Boutin kann höchstens einmal etwas an dem Drahtseil, an dem die Lampe hängt, rütteln, wenn sie Mucken zeigt. Früher war er der Verantwortliche. Früher lag alles in seiner Hand. Früher war er wirklich der Herr des Leuchtfeuers. Jetzt kommt er sich überflüssig, schon halb abgedankt vor. Ernstlich geht er bei sich zu Rate, ob er den nächsten Winter noch auf dem Turm mitmachen will; ob es für ihn nicht doch an der Zeit ist, bald in Pension zu gehen. –

In dem Schuppen sind die drei anderen inzwischen bei ihrer Arbeit.

»Heut' hat die Maschine kräftig zu ziehen«, meint der Maschinist, »halbe Dampffüllung muß ich geben, damit sie auf Touren bleibt. Ist heut' nacht doch was anderes als gestern.« In seine Worte klirrt das Geräusch der Schaufel, mit der Plasset Kohlen in das Feuer wirft. Auch er muß heute stärker schippen als sonst, um den Dampfdruck im Kessel zu erhalten.

François Caradon steht bei seiner Lichtmaschine. Er hat Erfahrungen gesammelt und kann sich auf sein Gehör verlassen. Ein kräftiges, brummendes Rauschen, das von dem rotierenden Anker herkommt, gibt ihm Gewißheit, daß die Maschine gut arbeitet, daß ihre Spulen von den neuen Magneten kräftig induziert werden, daß sie genügend Strom in die Lampen schicken. Noch etwas mehr ist inzwischen sogar geschehen. Mit der letzten Sendung aus Paris kam ein Instrument mit, das die Spannung der von der Lichtmaschine gelieferten Elektrizität anzeigen soll. Ein merkwürdiges Ding; eine Spule aus ganz feinem, isoliertem Draht; ein leichter Eisenkörper taucht in die Spule. Mit einem Zeiger ist der Körper verbunden und bewegt ihn über einem Zifferblatt hin und her, je nachdem er mehr oder weniger tief in die Spule eintaucht. Monsieur Caradon hat das Instrument nach der beiliegenden Anweisung an die Turmleitung angeschaltet. Mit Befriedigung stellt er fest, daß auch dessen Zeiger heute viel weiter ausschlägt als in der vorigen Nacht. Das Instrument bestätigt ihm, was er bereits aus dem Maschinengeräusch heraushörte. Die Lichtmaschine arbeitet mit voller Kraft. Auch ein Blick durch eines der Schuppenfenster hinaus bestätigt es ihm. Mit unvergleichlicher Stärke strahlt das Licht von der Turmspitze über die See und das Land.

Für diese Nacht läuft alles in Ordnung. Wenn Montard die Dampfmaschine nur richtig auf Touren hält, braucht er selbst sich kaum noch um etwas zu kümmern, und doch will die Sorge nicht von ihm weichen.

Wie lange? So geht's ihm durch den Sinn, wie lange werden die neuen Magnete ihre Kraft behalten? Die Gründe für die eigenartige Erscheinung kennt er nicht, er weiß nur, daß sie im Betriebe verhältnismäßig schnell geschwächt werden. Wohl ahnt er, daß die Ursache dafür in den unablässig an den Magnetpolen vorbeirasenden Spulen liegen könnte, aber etwas Sicheres darüber weiß er nicht zu sagen. Nur die Frage quält ihn: Wie lange wird es mit diesem neuen Magnetsatz gehen? Wie bald wird man wieder auswechseln müssen? Aber in die quälenden Zweifel mischt sich doch das sichere Gefühl, daß die magnetische Lichtmaschine einen großen Fortschritt bedeutet. Trotz all ihrer Launen und Schwächen ist sie doch viel leistungsfähiger und zuverlässiger als jene galvanischen Batterien, mit denen man sich früher abplagen mußte, wenn man bei festlichen Gelegenheiten einmal den elektrischen Lichtbogen aufglänzen lassen wollte.

François Caradon tritt aus dem Maschinenschuppen hinaus und geht hinüber zu der Bank vor dem Leuchtturm. Hier, auf dem Lieblingsplatz des alten Boutin läßt er sich nieder. Während seine Blicke den breiten Lichtbündeln folgen, die vom Turm her über die dunkle See huschen, beginnen seine Gedanken zu wandern. Von einer fernen Zukunft träumt er, in der viel größere, viel mächtigere Magnetmaschinen arbeiten werden, nicht nur, um den Schiffen den sicheren

Weg über das Meer zu weisen, sondern um auch die Plätze ...die Straßen ...ja die Wohnungen der Menschen in den Städten mit dem neuen Licht zu erhellen.

Im südlichen Teil der Markgrafenstraße zu Berlin, nicht allzuweit von ihrer Einmündung in die Lindenstraße, steht ein staatliches vierstöckiges Haus. Das Zahlenschild über dem zweiflügeligen Einfahrttor kennzeichnet es als das vierundneunzigste in einer langen Reihe ähnlicher Gebäude. Seit vier Jahren ist auch eine Firmentafel angebracht, denn 1852 haben die Herren Werner Siemens und Georg Halske das Haus für ihre Telegraphenbauanstalt erworben. Nicht ohne Bedenken haben sie die für die damalige Zeit recht erhebliche Summe von 40 000 Talern dafür erlegt, doch der Kauf war unvermeidlich, um für den ständig wachsenden Betrieb der jungen Firma die nötigen Räume zu schaffen.

Das war vor vier Jahren, und längst sind die damaligen Sorgen überwunden. Hat doch der Krimkrieg, der unterdessen zwischen dem Russischen Reich und den Westmächten zum Ausbruch kam, der Telegraphenbauanstalt so große Aufträge gebracht, daß Werner Siemens schon 1854 an einen seiner Brüder schreiben konnte:

»Es scheint, als wenn unser Familiengenius uns jetzt gerade sehr wohl will. Unser Geschäft nimmt sehr großartige Dimensionen an, so daß mir bisweilen etwas schwindelig wird.«

Zwei Telegraphenapparate von Siemens u. Halske, die merkwürdigerweise aufeinanderfolgende Fabrikationsnummern tragen, der eine im russischen, der andere im englisch-französischen Lager, haben der Welt 1855 den Fall der Festung Sebastopol gemeldet. Danach ist der Krimkrieg schnell zu Ende gekommen. Die Aufträge auf Telegraphenanlagen sind jedoch nach dem Friedensschluß kaum geringer geworden, und in steigendem Maße sind die Eisenbahngesellschaften als Besteller hinzugekommen.

Fast 100 Arbeiter beschäftigt die Telegraphenbauanstalt in der Markgrafenstraße jetzt. Von allen feinmechanischen Werkstätten Berlins ist sie die größte; doch wenn sie an der Spitze bleiben will, gilt es, das Vorhandene ständig zu verbessern, Mißstände, die sich in der Praxis zeigen, durch sinnvolle Neukonstruktionen zu beseitigen und unermüdlich weiterzuarbeiten. Das tun die beiden Kompagnons Werner Siemens und Georg Halske in enger Zusammenarbeit. Was der frühere Artillerieoffizier und jetzige Fabrikbesitzer, Erfinder und Konstrukteur Siemens ersinnt, dem gibt der geschickte Mechaniker Halske die rechte Form in Messing, Kupfer und Eisen. So war's schon bei den ersten Telegraphenapparaten und Guttaperchapressen, die den Ruf der Firma begründeten, und so ist's auch jetzt wieder, da eine andere Aufgabe immer dringender wurde und gebieterisch nach der Lösung verlangte. Um die Schaffung einer für die Telegraphie geeigneten Stromquelle handelt es sich dabei.

Die galvanische Batterie ist und bleibt ja die schwache Stelle bei allen elektrischen Anlagen. Daran hat sich in den 13 Jahren, die nun seit dem Beleuchtungsversuch auf der Place de la Concorde in Paris verstrichen sind, kaum etwas geändert. Weiter entwickelt wurde freilich in dieser Zeit das Verfahren, mit Hilfe magnet-elektrischer Maschinen Strom zu gewinnen. Das elektrische Licht in Leuchttürmen der französischen Küste zeugt davon, wenn auch die Maschinen, die den Strom dafür liefern, noch längst nicht aus den Kinderkrankheiten heraus sind.

Magnetisch-elektrische Induktion muß auch den Strom für elektrische Nachrichtenapparate liefern. Das ist die Idee, mit der Werner Siemens sich schon seit langen Monaten trägt. Bei Tag und Nacht läßt sie ihn nicht mehr los; nach allen Richtungen hat er sie durchdacht; jede der zahlreichen magnet-elektrischen Maschinen, die in den letzten zwanzig Jahren von Deutschen und Italienern, von Engländern und Franzosen konstruiert werden, hat er geprüft und ihre Schwächen erkannt. Zu locker ist bei allen der magnetische Schluß; zu groß der Widerstand in dem magnetischen Kreis, den induzierende und induzierte Eisenteile zusammen bilden. Zu schwach und unzuverlässig ist daher ihre Wirkung.

Fruchtbar wird diese Kritik im Gehirn des Erfinders. Immer greifbarer steht vor seinem geistigen Auge die Form, die eine Konstruktion haben muß, welche diese Fehler vermeidet. Und dann kommt der Märztag des Jahres 1856, an dem er mit einer schnell hingeworfenen Handskizze zu seinem Kompagnon geht.

Dicht neben dem großen Werksaal im Erdgeschoß des Hauses Markgrafenstraße 94, in dem Drehbänke laufen, in dem gehämmert und gefeilt wird, in dem es pfeift und quietscht, hat Meister Halske sein Kontor. So hat er seine Mechaniker in der Nähe und kann, wenn es not tut, jederzeit nach dem Rechten sehen. Erwartungsvoll blickt Halske dem Eintretenden entgegen. Er weiß, daß der sich mit einer neuen Sache trägt, und weiß auch, worum es sich handelt. Hat er doch während des letzten Jahres mehr als einmal nach den Zeichnungen in technischen Zeitschriften magnet-elektrische Maschinen nachbauen müssen und konnte dann beobachten, wie Werner Siemens stundenlang grübelnd davor saß, sie mit Meßinstrumenten untersuchte, umständlich prüfte und schließlich achtlos beiseite schob. Was wird jetzt kommen? Was wird Werner Siemens, dem die innere Erregung deutlich anzumerken ist, ihm heute bringen?

Der legt das Blatt auf den Tisch, streicht sich das volle krause Haar zurück und wirft Halske durch die scharfen Brillengläser einen schnellen Blick zu. Dann spricht er akzentuiert und ohne Übereilung:

»Jetzt haben wir's, Halske! Das ist die richtige Lösung!«

Halske greift nach dem Blatt. Es ist eine primitive Skizze, ohne Zirkel und Lineal entworfen. Ein Pfennigstück, auf das Papier gelegt, hat dem Skizzierenden wohl als Schablone dienen müssen, um den kreisförmigen Querschnitt des Ankers darzustellen. Flüchtig und ohne Rücksicht auf äußere Schönheit sind die übrigen Teile hingezeichnet, aber klar springt die neue erfinderische Idee aus dem Ganzen heraus.

Einen I-förmigen Querschnitt hat der zylindrische Anker. Drahtwindungen, die induziert werden sollen, füllen seine beiden Längsnuten aus. Die beiden Buchstaben N und S (Nord und Süd) lassen zur Genüge erkennen, daß das hufeisenförmige Gebilde, das den Anker dicht umschließt, ein Magnet sein soll. Hier ist der magnetische Kreislauf in der Tat auf kürzestem Wege geschlossen. Hier ist jeder überflüssige Luftweg, der die anderen magnet-elektrischen Maschinen so schwächt, glücklich vermieden. Das leuchtet auch Halske ein, der die Skizze nach langer Betrachtung wieder auf den Tisch vor sich hin legt.

»Ja, Herr Siemens! Das werden wir ja wohl bald klar kriegen«, sagt er in seiner bedächtigen norddeutschen Art. Obwohl er schon seit einer ganzen Reihe von Jahren in Berlin lebt, verrät der Tonfall seiner Worte unverkennbar den gebürtigen Hamburger. »Einen zylindrischen Anker aus weichem Schmiedeeisen brauchen wir.«

Während er weiterspricht, nimmt er das Skizzenblatt wieder zur Hand, auf dem auch einige Zahlen stehen. »Zehn Zoll soll er lang werden und ein und einen Drittelzoll im Durchmesser haben. Zwei gegenüberstehende Längsnuten muß er bekommen ... Donnerwetter, die schneiden kräftig ins Fleisch; da bleibt von dem Kreisquerschnitt nur etwa das Profil eines Doppel-T-Trägers übrig ...«

»Doppel-T-Träger«, greift Werner Siemens das letzte Wort auf, »Doppel-T-Anker ... richtig, Halske! Da hätten wir schon einen Namen für das Kind. Ein Doppel-T-Anker, dessen Eisenquerschnitt durch in die Nuten eingelegte Kupferdrähte wieder zum Vollkreis ergänzt wird, kennzeichnet die Konstruktion.« Mehr zu sich selbst als zu seinem Gegenüber spricht Werner Siemens weiter: »... könnte für eine Patentanmeldung wichtig werden. Auch das geringe Trägheitsmoment des Ankers wäre zu erwähnen. Beträgt nur etwa den 25. Teil desjenigen der Stöhrerschen Maschine ...«

Währenddessen hat Halske sich das kleine Reißbrett herangezogen, das mit allen dazugehörenden Utensilien stets auf einem Nebentisch parat liegt, und schickt sich an, die Skizze in eine werkgerechte Zeichnung umzusetzen. Denn in diesen Jahren verfügt die Firma noch nicht über ein besonderes Konstruktions- und Zeichenbüro. Georg Halske ist noch sein eigener Zeichner und verlangt auch von seinen Mechanikern, daß sie mit Zirkel und Reißschiene umzugehen wissen.

In dieser Beziehung sind die Verhältnisse in der Anfangszeit deutscher Technik und Industrie noch etwas primitiv. Die zehn Jahre vor der Telegraphenbauanstalt von Siemens u. Halske begründete Lokomotivbauanstalt von August Borsig hat zwar seit einigen Jahren ein solches Büro, aber es wird noch nicht recht für voll genommen. Nur zu allerletzt zeigt es der alte Borsig den Besuchern seines Werkes, öffnet auch nur die Bürotür und erklärt auf gut berlinisch: »Det sind nu meine Malers...«

Georg Halske entwirft also eigenhändig die neue magnet-elektrische Maschine auf dem Reißbrett. Dabei laufen seine Gedanken anders als die seines Kompagnons. Während der an Trägheitsmomente, magnetische und elektrische Kreise denkt, überlegt der Mechaniker Halske, wie man den eisernen Doppel-T-Anker mitsamt seiner Windung genau zwischen zwei Messingkappen zentriert, wie die Achse am besten zu lagern ist, wie die Enden der Ankerwicklung für die Stromabnahme zu zwei Schleifringen auf der Achse zu führen sind, wie ein Magnetmagazin mit kreisförmigen Aussparungen den Anker zu umfassen hat, und aus diesen Überlegungen entsteht auf dem Papier eine Zeichnung, die bereits alle technischen Einzelheiten reif zur Ausführung enthält.

Auch Werner Siemens arbeitet mit Bleistift und Papier. Zahlenreihen entstehen, werden zwei- und dreimal durchgestrichen, um durch andere ersetzt zu werden. Eben scheint er mit seiner Rechnung ins reine zu kommen, als auch Georg Halske mit seinem Entwurf fertig wird.

»So denke ich mir das«, sagt er und schiebt Werner Siemens das Brett hin. Den interessieren nur die beiden Ankernuten, welche die Windungen aufzunehmen haben. Alles andere, das weiß er seit langem, kann er den geschickten Händen Halskes überlassen. An der Zeichnung mißt er den Nutenquerschnitt nach, vergleicht das Ergebnis mit seinen Berechnungen, sieht vor sich hin und spricht dann wieder:

»Das stimmt! 90 Windungen von unserem Einserdraht füllen den Nutenraum aus.« Noch ein paar Zahlen die Drahtbewicklung des Ankers betreffend schreibt er neben die Zeichnung. »Sehen Sie zu, daß wir den ersten Induktor recht bald haben«, sagt er, sich wieder erhebend, und hat im nächsten Augenblick schon das Zimmer verlassen.

Einen kurzen Augenblick schaut ihm Halske nachdenklich nach. Mag der Himmel wissen, was den »Krauskopf« schon wieder weiter treibt. Welchen neuen Plänen er wieder nachjagt, und welche neuen Sorgen er damit ins Haus bringen wird. Freilich, das sagt sich auch Halske, man soll nicht ungerecht sein. Werner Siemens hat diesem Haus außer mancher Unruhe auch Aufträge gebracht, welche die kühnsten Erwartungen weit hinter sich ließen. Aber diese Verbindung mit den beiden auswärtigen Brüdern, dem Wilhelm in London und Karl in Petersburg, da kommt Georg Halske, der nun mit seinen 42 Jahren das Leben in Ruhe genießen möchte, nicht mehr so richtig mit.

Diese Maschine ... dieser Induktor, den er eben gezeichnet hat ... wahrscheinlich wird der auch wieder für den Betrieb einer der neuen Telegraphenlinien bestimmt sein, die Bruder Wilhelm oder Bruder Karl an das Haus in der Markgrafenstraße heranbringen. Ihn soll's nicht kümmern. Seine Aufgabe hier ist es, die Apparate so auszuführen, daß sie dem Hause Ehre machen. Er ist schon mit schwierigeren Konstruktionen fertig geworden. Bei dem Induktor hier kann die Ausführung der erfinderischen Idee in Stahl und Kupfer kaum Schwierigkeiten bieten, weil die Überwindung aller Schwierigkeiten schon in der Idee enthalten ist.

Georg Halske beugt sich wieder über das Reißbrett. Er macht die Zeichnung für die Werkstatt fertig, und schon am nächsten Morgen wird danach gearbeitet. –

In einem hat sich Halske geirrt. Der neue Induktor ist, zunächst wenigstens, nicht für irgendwelche exotischen Telegraphenlinien, sondern für den Betrieb der Streckentelegraphen auf einer bayrischen Eisenbahn bestimmt und erfüllt hier glänzend seinen Zweck. Schon am 8. Mai des Jahres 1856 schreibt Werner Siemens an Bruder Wilhelm nach London:

»Wir machen jetzt auf Bayerns Bestellung neue Zeigertelegraphen mit magnet-elektrischer Bewegung *ohne Batterien* für Eisenbahndienst. Sie werden sehr einfach und billig, und ich hoffe, sie werden so sehr viel Anwendung finden...«

Kaum 14 Tage später schreibt er wieder an Wilhelm:

»...Unsere neuen magnet-elektrischen Zeigertelegraphen scheinen sehr brillant ausfallen zu wollen. Das wird der wahre Eisenbahntelegraph werden. Sehr einfach durch jedermann zu handhaben, *ohne alle Batterien*, sehr schnell gehend, auch als Gegensprecher, und nicht teuer.«

Das so lange und von so vielen vergeblich Erstrebte ist damit erreicht. Der Induktor mit dem Doppel-T-Anker bewährt sich als ergiebige und zuverlässige Stromquelle und ersetzt an hunderten und bald an tausenden Stellen die galvanischen Batterien. In allen Industrieländern wird er nachgebaut, da es dem Erfinder nicht gelungen ist, einen Patentschutz darauf zu erhalten. Als »Siemens-armature« wird er in England und bald auch in den Vereinigten Staaten bekannt. Wo immer magnet-elektrische Maschinen gebaut werden, greift man auf den Doppel-T-Anker zurück, der im Frühjahr 1856 nach der Idee von Werner Siemens unter den geschickten Händen von Georg Halske entstand.

Zu Zehntausenden findet er in telegraphischen und Eisenbahnsignalanlagen Verwendung.

Zu Hunderttausenden wird er benötigt, als in den achtziger Jahren die Telephonie ihren Siegeslauf beginnt. Wer einmal die Kurbel seines Fernsprechers drehte, um das Amt anzurufen, setzte damit einen Doppel-T-Anker in Bewegung, der Rufströme erzeugte, in die Leitung sandte und im Amt Klappen fallen ließ oder Summerzeichen gab.

Zu Millionen und bald zu vielen Millionen muß er hergestellt werden, als die Jahrhundertwende den Kraftwagen und die Motorisierung des Straßenverkehrs bringt. Wo immer ein Auto fährt, wo der Taktschlag eines Explosionsmotors aufklingt, da ist ein Magnetinduktor die letzte Ursache, dessen Doppel-T-Anker die zündenden Funken auf die tausendstel Sekunde genau in das Gasgemenge der Motorzylinder wirft.

Kaum eine andere Konstruktion in der ganzen Technik hat eine ähnliche Verbreitung und Langlebigkeit erreicht, wie dieser Magnetinduktor, der vor 85 Jahren die erste Form gewann. Doch noch etwas anderes, noch Bedeutenderes ist untrennbar mit ihm verbunden. Er wird zehn Jahre nach seiner Entstehung den Ausgangspunkt für eine noch größere Erfindung abgeben, die in wenigen Dezennien die gesamte Energiewirtschaft revolutionieren und aus dem Zeitalter der Dampfkraft in dasjenige der Starkstromtechnik hinüberführen wird.

Eine Idee ... (1866)

In gespannter Erwartung harrt die Bevölkerung Berlins während der letzten Junitage des Jahres 1866 auf Nachrichten vom Kriegsschauplatz, denn Krieg ist zwischen Preußen und Österreich. Schon haben preußische Heeresgruppen den Gegner in einer Reihe von Vorgefechte geworfen und das böhmische Grenzgebirge überschritten. Jeder Tag kann nun den Zusammenstoß der Hauptkräfte und eine große Entscheidungsschlacht bringen.

Anders, als noch wenige Wochen vorher, läuft in dieser schicksalsschwangeren Zeit das Leben in der preußischen Hauptstadt. Die Reservisten sind zu den Fahnen geeilt, halbleer stehen die Werkstätten und Fabriksäle von Borsig, von Schwartzkopff und auch diejenigen der Telegraphenanstalt von Siemens u. Halske. Schwächer als sonst laufen Handel und Wandel. –

Heiß brennt die Nachmittagssonne auf das Kopfsteinpflaster der Markgrafenstraße. Durch Vorhänge gedämpft fällt das Tageslicht in das schlichte Arbeitszimmer, in dem Werner Siemens in einem mit schwarzem Leder bezogenen Lehnstuhl sitzt und schon seit geraumer Zeit nachdenklich den kleinen Magnetinduktor in seinen Händen betrachtet. Jetzt hat er ja mehr Zeit als sonst, seinen wissenschaftlichen Spekulationen nachzugehen. In diesen Kriegswochen braucht er sich nicht vom frühen Morgen bis zum spätem Abend um hundert Einzelheiten des Betriebes zu kümmern, braucht nicht an einer Stelle Anregungen als Konstrukteur zu geben, an einer anderen Anordnungen als Organisator zu treffen und an einer dritten schwerwiegende Entscheidungen als Kaufmann zu fällen. Konzentriert kann er das physikalische Problem durchdenken, das ihn schon seit langem beschäftigt. –

Der Anker? ... Der Doppel-T-Anker?! ... Wie absonderlich benimmt sich der Bursche, wenn er nicht als Generator, sondern als Motor arbeiten soll! Wohl an die hundert Male hat Dr. Siemens sich die Frage vorgelegt, ohne eine Antwort darauf zu finden. Auch jetzt wieder scheint alles Grübeln vergeblich. Mit einem Ruck erhebt er sich und geht in den Nachbarraum hinüber, der ihm als Laboratorium dient.

Säuregeruch, der von Bunsenelementen herrührt, macht sich hier bemerkbar. Werner Siemens stellt den Induktor neben die Elemente, holt aus einem Repositorium Drähte, einen Ausschalter und ein Galvanometer und baut sich wieder einmal ... zum wievielten Male wohl nun schon ... die wohlbekannte Schaltung auf, um die Erscheinungen noch einmal zu beobachten.

Eine Schalterbewegung danach, Strom fließt aus den Elementen durch den Anker des Induktors und das Galvanometer. Weit schlägt der Zeiger des Instrumentes aus, während der Anker sich schnurrend in Bewegung setzt, und dann ... dann geht es ebenso wie auch vorher schon immer. Der Instrumentenzeiger fällt zurück, während der Anker des Induktors immer schneller läuft. Einen hohen singenden Ton läßt der Anker jetzt vernehmen, das Zeichen, daß er auf Höchsttouren gekommen ist. Nur noch einen geringen Bruchteil der früheren Stromstärke zeigt das Galvanometer an. Mit zusammengekniffenen Lippen steht Siemens davor, fieberhaft arbeitet sein Hirn, formt Gedanken, bildet Schlüsse.

Der Batteriestrom ist schwächer geworden ... ergo muß eine Kraft da sein, die ihn schwächt ... Sie ist nicht da, wenn der Anker stillsteht ... also muß der Anker selbst sie bei seiner Drehung erzeugen ... Bis dahin ist die Kette der Folgerungen geschlossen. Doch schon taucht die neue Frage auf: Wie kann der rotierende Anker diese Gegenkraft erzeugen? Lange Minuten verstreichen, bis es plötzlich wie eine Erleuchtung über den Grübelnden kommt, bis die gepreßten Lippen sich öffnen und Worte formen: »Es ist der Extrastrom! Es muß ja so sein nach allem, was wir durch Ampère und Faraday wissen. In den Windungen eines bewegten Ankers muß ein Extrastrom auftreten, der dieser Bewegung entgegenwirkt ... gleichviel, ob ich den Anker von außen her drehe oder ob ich ihn durch einen hineingesandten Strom antreibe ... Wenn das aber so ist ... dann muß ja ... dann muß, wenn ich den Anker in entgegengesetzter Richtung drehe, auch der Extrastrom seine Richtung wechseln. Dann muß er den Batteriestrom verstärken.« –

Noch ehe das letzte Wort von seinen Lippen fällt, hat er den Batteriestrom wieder unterbrochen. Der Anker kommt zur Ruhe. Er greift zu einem Schraubenzieher und fügt die Kurbel, die für den Versuch abgenommen war, wieder an den Apparat. Mit der einen Hand hält er sie fest, mit der anderen schaltet er von neuem den Strom der Batterie ein. Mit der so oft schon beobachteten Anfangsstärke ergießt sich der Strom durch die Drähte, und nun beginnt Werner Siemens die Kurbel zu drehen; dreht sie so, daß der Anker jetzt in umgekehrter Richtung wie vorher rotiert, und sieht, wie der Zeiger des Galvanometers weit und immer weiter ausschlägt, wie der vom Induktor erzeugte Strom sich jetzt zu dem Batteriestrom addiert.

Das ist's also, das ist die Antwort auf die Frage, die ihn so lange bewegt hat. Jetzt weiß er, worum es geht. Jetzt kann er auf der gewonnenen Erkenntnis weiterbauen.

Noch ganz erfüllt von der neuen Idee eilt er aus dem Laboratorium in das Arbeitszimmer zurück, greift nach einem Bogen Papier und fängt an zu skizzieren. Die Form des Induktors entsteht auf der weißen Fläche. In wenigen Strichen wirft er sie hin. So genau kennt ja Werner Siemens den Magnetinduktor, diese seine vor zehn Jahren entstandene Schöpfung, daß er ihn zur Not auch im Dunkeln aufzeichnen könnte. Doch in einem weicht der Entwurf, der nun entsteht, von der hergebrachten Anordnung ab. Nicht permanente Stahlmagnete sind vorgesehen, sondern Elektromagnete, Kerne aus Weicheisen, die von Drahtspulen umgeben sind. Elektromagnete, in ihrer Wirkung viel stärker als die bisher gebräuchlichen Stahlmagnete, sollen den induzierenden Teil der kleinen Maschine bilden, die an diesem Junitag unter den Händen von Werner Siemens auf dem Papier entsteht.

Nun ist der letzte Strich getan, und prüfend beobachtet der Sinnende sein Werk. Er schließt die Augen und preßt die Hände vor die Stirn, während seine Gedanken unablässig weiterströmen ... Im Geist sieht er die neue Maschine schon arbeiten, sieht Ströme in ihrem Anker entstehen, sieht diese den Magnetismus der Elektromagnete verstärken, sieht das gegenseitige Spiel im Wechsel weitergehen, bis – er öffnet die Augen und sieht, daß Dämmerung das Gemach erfüllt.

Der Abend ist hereingebrochen. Längst sind die Werkstätten geschlossen; heute ist nichts mehr zu unternehmen. Aber sehr bald, vielleicht schon morgen, wird er Auftrag geben, das Gebilde, das heute auf dem Papier entstand, in Stahl und Kupfer Wirklichkeit werden zu lassen. Den Meister Müller wird er damit betrauen. Das ist ein geschickter Mann, ein Künstler in seinem Fach, der schon manchen Apparat für ihn gebaut hat; der wird auch diese Aufgabe gut zu lösen wissen. –

Es kommt nicht so schnell zur Ausführung, wie Werner Siemens es sich an jenem Junitag vorgenommen hat. Schon am Abend des 3. Juli ticken Telegraphenapparate, die fast alle aus der Markgrafenstraße in Berlin stammen, in den Postämtern zu London und Paris, zu Rom und zu Petersburg und geben Kunde von dem preußischen Sieg bei Königgrätz. Eine alte Welt ist an diesem historischen Tage zusammengebrochen. Wird es gelingen, die notwendige Neuordnung ohne weitere kriegerische Auseinandersetzungen zu erreichen, oder werden noch andere Länder in den Konflikt hineingezogen werden? Die Haltung des französischen Kaisers ist mehr als verdächtig. Wie werden sich England und Rußland, in denen die Telegraphenbauanstalt von Siemens u. Halske so große Interessen hat, zu der neuen Lage stellen? Das sind für die Firma lebenswichtige Fragen, die Werner Siemens in den nächsten Wochen ganz in Anspruch nehmen. Alle Erfinderpläne müssen dagegen zurücktreten, und einige Wochen vergehen noch, bevor er sich wieder jenem Problem zuwenden kann, dessen theoretische Lösung er in den Junitagen fand.

Und ihre Ausführung(1866)

In der Induktorwerkstatt saß an einem klarem Spätsommertag des Jahres 1866 Werkführer Müller und schaute sinnend durch die Glasscheiben seines Verschlages nach der kleinen Hoppeschen Säulendampfmaschine, deren liebevoll gepflegtes Gestänge eilfertig in der Sonne auf und nieder blitzte. Sie war sein besonderer Stolz, diese einzige Dampfmaschine im ganzen Betrieb, aber heute hatte er keinen Sinn für ihre Reize. Er war müde. Trotz seiner 25 Jahre hatte ihm die rastlose Tätigkeit der letzten acht Tage arg zugesetzt. Er dachte daran, wie er vor zwei Jahren mit der »Hammonia« nach Amerika wollte, den Kopf voll hochfliegender Pläne. Die Tränen der Mutter und das eindringliche Zureden eines wohlmeinenden Verwandten hatten ihn aus Hamburg zurückgeholt. War es gut so gewesen?

Bei Siemens u. Halske hatte man ihn mit »Herr Müller« angeredet, so daß er sich nach den Erfahrungen auf seinen früheren Arbeitsstellen wie ein Fürst vorgekommen war. Man hatte ihm auch Vertrauen entgegengebracht, und eines Tages, er wußte selbst nicht recht wie, war aus dem Gehilfen ein Werkführer geworden. –

Vom Fabrikhof her wurde das Geräusch der Werkstatt durch recht ungedämpfte jugendliche Stimmen übertönt; das war das Kriegsspiel der jungen Siemens, das in diesem Jahre zum Werktagnachmittag gehörte, ebenso wie das Surren der Drehbänke und der gleichmäßige Takt der Hämmer beim Dichten des Messinggusses.

Der Krieg war zu Ende. Gott sei Dank! Nun würden auch bald wieder normale Verhältnisse in die Werkstatt zurückkehren. Die Aufträge würden wieder regelmäßig eingehen, und »der Alte« würde seinen unbändigen Erfindungsdrang etwas zügeln müssen. Der unerschöpfliche Ideenreichtum des Fabrikherrn hatte dem jungen Werkführer schon manche schwere Stunde bereitet und sein noch etwas schwankendes Selbstvertrauen auf recht harte Proben gestellt. Namentlich in der letzten Zeit, da die Kriegswirren die normale Werkstattätigkeit etwas eingeschränkt hatten und Werner Siemens sich seinen besonderen Plänen mit mehr Muße widmen konnte, war es mit Müllers Ruhe völlig vorbei gewesen.

Er dachte zurück, wie diese tolle Zeit des ständigen Gehetztseins begonnen hatte: Da stand in der Werkstatt ein großer Ofen, in dem die Stahlmagnete für die Induktoren gehärtet wurden. Zwischen ein paar Fässern mit Wasser, Öl und vielleicht auch noch anderen Flüssigkeiten zum Abschrecken der erhitzten Magnete hantierte der einzige alte Arbeiter, der die Geheimnisse dieses wichtigen Vorganges beherrschte. Aber ein gewaltiger Haufen teils schon verrosteter Magnete, der in einer Ecke hinter dem Ofen ein verachtetes Dasein führte, bewies doch, daß die Kunst dieses alten Hexenmeisters nicht unfehlbar war. Die Magnete wollten noch lange nicht immer so wie er wollte; sie verzogen sich oder waren aus sonst einem nicht immer auffindbaren Grunde häufig nicht verwendbar. So sammelte sich hinter dem Ofen ein Kapital für damalige Begriffe an, so daß es einen gewissenhaften Werkführer jammern konnte. Waren die Magnete einwandfrei aus dem Fegefeuer des Härteofens hervorgegangen, so wurden sie polarisiert. Dazu diente ein großer, schwerer, von einer galvanischen Kette gespeister Elektromagnet, der infolge seiner rätselhaften und gewaltigen Kräfte in der Werkstatt fast ein Gegenstand abergläubischer Verehrung war.

Sollte man nicht einen solchen Elektromagneten auch an Stelle der Stahlmagnete in den Induktoren benutzen können? Bei der ewigen Schererei mit den Stahlmagneten, die so schwierig zu beschaffen und zu behandeln waren, lag dieser Gedanke sehr nahe.

Gerade vor acht Tagen war der Alte zu ihm in die Werkstatt hinuntergestürmt gekommen und hatte ihm in seiner lebhaften Art den Auftrag gegeben, nach einer Handskizze eine solche Maschine so schnell wie möglich zusammenbauen zu lassen. Ein vorhandener Siemens-Doppel-T-Anker konnte verwendet werden; die Eisenkerne für den Elektromagneten, die Polschuhe und die Wicklung mußten neu hergestellt werden. Müller ging mit Feuereifer an die Aufgabe und trieb seine Gehilfen (Arbeiter gab es damals nicht), die dem neuen Experiment wenig Vertrauen und Interesse entgegenbrachten, zur äußersten Eile an. Seine Ungeduld war aber nur gering gegenüber der seines Prinzipals, der schon nach wenigen Tagen seiner Enttäuschung darüber heftigen Ausdruck gab, daß die Maschine immer noch nicht fertig sei.

Heute war es nun so weit. Die Maschine stand bereit in der Werkstatt; ob sie allerdings den Anforderungen des gestrengen Herrn genügen würde ...? Es war eine tolle Hetzjagd gewesen, und manches hätte in ruhigerer Arbeit sorgfältiger gemacht werden können. Müller hatte auch mehrfach versucht, den Anker der Maschine zu drehen und dabei gefunden, daß dies verdammt schwer ging. Auch die Anker seiner gewöhnlichen Induktoren setzten der Drehung einen gewissen Widerstand entgegen, aber doch nicht in dem Maße. Er hatte die Maschine wieder auseinandernehmen und die Lager nachsehen lassen, aber niemand hatte einen Fehler finden können; so sah Müller mit etwas gemischten Gefühlen dem Augenblick entgegen, in dem Werner Siemens kommen würde, um die neue Maschine zu prüfen.

Ein Gehilfe bat um eine Auskunft, und als sie zusammen in die Werkstatt traten, sah Müller, daß Werner Siemens bereits an der Versuchsmaschine stand. Die Stirnfurche, von der man nie recht wußte, ob sie ein Zeichen von schlechtem Wetter oder nur die Folge von angestrengtem Nachdenken war, schien heute noch tiefer als sonst. Manchmal war ihm recht ungemütlich in der Nähe dieses Feuergeistes, wenn er sich auch immer wieder sagte, daß dieses aufbrausende Wesen nie lange andauerte, und wenn er auch ahnte, daß es nur ein Schild war, hinter dem der »Alte« gegen seine eigene große Gutmütigkeit Deckung suchte.

Werner Siemens hatte kaum bemerkt, daß Müller mit ehrerbietigem Gruß zu ihm getreten war. Die Hände fest in den Taschen verankert, stand er vor der Maschine und ließ seinen scharfen Blick von einem Teil zum anderen gleiten. Dann versuchte er zu drehen. Na, nun geht das Donnerwetter los, dachte Müller; aber nichts dergleichen geschah. Im Gegenteil, die Stirnfalte war zweifellos geglättet. Nun sollte Müller die Drahtverbindungen der Batterie lösen. Das ging dem Alten aber zu langsam, und schon hatte er Müller den Schraubenschlüssel aus der Hand genommen, warf die abgeschalteten Drähte beiseite wie etwas Überflüssiges und verband nun das freie Ende der Magnetwicklung irgendwie mit den Schleiffedern am Kommutator. Das alles ging so schnell, daß Müller kaum die geänderte Schaltung zu erkennen vermochte. Nachdem in den Ankerstromkreis noch ein Galvanoskop eingeschaltet war, mußte Müller drehen. Herrgott, das arme Galvanoskop! Das war nie wieder zu gebrauchen! – Aber Werner Siemens klopfte dem verdutzten Werkführer auf die Schulter und sprach zu ihm wie zu einem Freunde, was er früher nie getan hatte. Er sprach und sprach, und seine Augen leuchteten noch mehr als sonst. Was er eigentlich sagte, verstand Müller nicht recht vor lauter Verwunderung über das veränderte Wesen des Alten. Nur so viel hörte er heraus, daß Werner Siemens dieses Ergebnis erwartet hatte, und daß der natürliche Magnetismus des Eisens bei dem Vorgang eine wichtige Rolle spielte.

Als der Alte nach dem Vorderhaus davongestürmt war, nahm Müller kopfschüttelnd sein ruiniertes Galvanoskop und ging nachdenklich an sein Pult zurück. Es war ihm klar, daß sich soeben etwas Besonderes vor seinen Augen ereignet hatte. Auch das schien ihm sicher, daß man in Zukunft keine Stahlmagnete mehr für Induktoren gebrauchen würde; aber er ahnte nicht, daß er in jenen wenigen Minuten einem Ereignis von weltgeschichtlicher Bedeutung beigewohnt hatte; das konnte er erst viel später verstehen.

Das Galvanoskop war das Opfer des ersten in einer Dynamomaschine erzeugten elektrischen Stromes geworden, und Carl Müller war der einzige Augenzeuge der ersten Verwirklichung des dynamo-elektrischen Prinzips gewesen.

Ein Vortrag, eine Vorführung und eine Sitzung (1866/67)

Auf der Schloßfreiheit in Berlin werden die Buden für den Weihnachtsmarkt aufgeschlagen. Adventstimmung herrscht in der preußischen Hauptstadt. Früh ist der Dezemberabend hereingebrochen; Schneeflocken wirbeln um die Gaslaternen, sinken zu Boden und vergehen schnell auf dem Pflaster der Bürgersteige. Besonders schnell vor dem Hause Markgrafenstraße 94, aus dessen Toren am Ende der sechsten Abendstunde die Belegschaft der Telegraphenbauanstalt herausströmt. Mechaniker, Meister, Büroangestellte, die nun Feierabend haben.

Verlassen liegen die Werkräume, nur der Kesselheizer, dem auch die Wartung der kleinen Hoppeschen Säulendampfmaschine obliegt, durfte noch nicht nach Hause gehen. Er hält das Feuer auf den Rosten in Gang. Unverändert läuft die Dampfmaschine, und auch die lange Transmissionswelle dreht sich in unermüdlichem Spiel weiter. Freilich läuft sie jetzt leer. Die Drehbänke und Bohrmaschinen, die sie während des langen Werktages trieb, stehen still.

Wieder wirft der Heizer ein paar Schaufeln Kohlen unter den Kessel, holt die Glut mit der Feuerkrücke so zusammen, daß die neue Kohle nur langsam durchbrennen kann; nach einem Blick auf das Manometer setzt er sich auf einen Schemel neben der Maschine. Während er sich einen frischen Priem in die Backentasche schiebt, überlegt er sich noch einmal, was Meister Müller ihm vor einer Stunde gesagt hat: Das Feuer nach Werkschluß aufbänken! Den Druck halten! Um 7 Uhr bereit sein, schnell mehr Dampf zu machen! ...Ein merkwürdiger Auftrag, denkt er bei sich, und döst dann ruhig vor sich hin. Ihm kann's ja schließlich gleich sein, was der Herr Dr. Siemens heute abend noch vorhat. Genügend Dampf wird schon da sein, wenn er gebraucht wird.

Zur gleichen Zeit empfängt Werner Siemens in dem dreifenstrigen Saal neben seinem Arbeitszimmer die Gäste, die er für diesen Abend geladen hat. Als erster erscheint Johann Christian Poggendorff, Geheimrat, Professor und Senior der philosophischen Fakultät der Universität in Berlin, in Begleitung seines jüngeren Kollegen, des Professor Rieß. Beide sind der heutigen Einladung mit besonderem Interesse gefolgt, denn für beide ist die Erforschung der elektrischen Erscheinungen ja Lebensaufgabe. Schon vor mehr als einem halben Jahrhundert hat Poggendorff das Multiplikatorprinzip entwickelt und damit ein Galvanometer von früher ungekannter Empfindlichkeit geschaffen. Fast ebensolange gibt er die Annalen der Physik und Chemie heraus, in deren Bänden jeder naturwissenschaftliche Fortschritt verzeichnet ist, der in dieser langen Zeitspanne erreicht wurde. Durch grundlegende Messungen der elektrischen Stromwärme hat Professor Rieß in neuerer Zeit von sich reden gemacht.

Werner Siemens geht dem 20 Jahre älteren Poggendorff entgegen und geleitet ihn zu einem bequemen Lehnstuhl. Herzlich begrüßt er auch Rieß, um sich dann den nächsten Gästen zuzuwenden. Da kommen, auch wieder zusammen, gleich zwei Mitglieder der Königlichen Akademie der Wissenschaften, die Professoren Magnus und Du Bois-Reymond, und kurz danach Professor Dove, der Meteorologe, und Professor Quincke, beide Dozenten an der Berliner Universität. Es ist eine Gesellschaft von berühmten Gelehrten, die Herr Doktor Siemens für diesen Abend in die Telegraphenbauanstalt gebeten hat, und mit großer Pünktlichkeit sind sie seiner Einladung gefolgt; keiner der Herren hat heute von der Wohltat des akademischen Viertels Gebrauch gemacht. Gespannt sind sie alle auf das, was sie hier hören und sehen sollen. Mit der Erzeugung elektrischer Ströme ohne Verwendung permanenter Magnete will Dr. Siemens sie bekanntmachen.

Erwartungsvolle Stille herrscht in dem Raum, als Werner Siemens an den Tisch tritt, auf dem ein kleiner Apparat, eben jenes von Meister Müller im August dieses Jahres gebaute Maschinchen, steht, und seinen Vortrag beginnt. Zustimmend nicken besonders die Physiker unter den Eingeladenen, als er zum Anfang die von Ampère entdeckten elektro-dynamischen Grunderscheinungen aufführt, aber schließlich ist das, was er bisher vorträgt, für die Anwesenden nichts Neues. Doch mit verstärkter Aufmerksamkeit horchen sie auf, als er nun auf das Prinzip einer neuen von ihm gefundenen Konstruktion eingeht.

Während seiner letzten Worte hat er beide Hände auf das Maschinchen, das vor ihm auf dem Tisch steht, gelegt, und spricht nun weiter, indes seine Finger über die Windungen der Elektromagnete gleiten:

»Der geringe Grad von Magnetismus, welcher auch im weichsten Eisen stets zurückbleibt, genügt, um bei wieder eintretender Drehung des Ankers das progressive Anwachsen des Stromes im Schließungskreis von neuem einzuleiten. Es bedarf daher nur eines einmaligen kurzen Stromes einer Kette durch die Windungen des festen Elektromagnetes, um den Apparat für alle Zeit leistungsfähig zu machen.«

Eine Bewegung geht durch die Zuhörenden. Das also ist das Neue, was sie heute hier erfahren. Man braucht keine Batterien und keine permanenten Magnete mehr, um Strom zu erzeugen. Die Maschine, die einmal gearbeitet hat, wird auch später infolge des geringfügigen in ihrem Eisen zurückbleibenden Magnetismus immer wieder richtig arbeiten. Sie wird sich gewissermaßen selbst erregen und schon nach wenigen Minuten volle Stromstärke geben.

Den Kopf in die Hand gestützt, starrt Du Bois-Reymond vor sich hin. Es ist ihm anzumerken, wie er das eben Gehörte innerlich verarbeitet. Poggendorff und Rieß stecken die Köpfe zusammen und tauschen flüsternd ein paar Worte aus, während Dr. Siemens in seinem Vortrag fortfährt:

»Der von den kommutierten, gleichgerichteten Strömen umkreiste feststehende Magnet muß eine hinreichende magnetische Trägheit haben, um auch während der Stromwechsel den in ihm erzeugten höchsten Grad des Magnetismus ungeschwächt beizubehalten, und die sich gegenüberstehenden Polflächen der beiden Magnete müssen so beschaffen sein, daß der feststehende Magnet stets durch benachbartes Eisen geschlossen bleibt, während der bewegliche sich dreht. Diese Bedingungen werden am besten durch die von mir vor längerer Zeit in Vorschlag gebrachte und seitdem von mir und anderen vielfältig benutzte Anordnung der Magnetinduktoren erfüllt. Der rotierende Elektromagnet besteht bei derselben aus einem um seine Achse rotierenden Eisenzylinder, welcher mit zwei gegenüberstehenden, der Achse parallel laufenden Einschnitten versehen ist, die den isolierten Umwindungsdraht aufnehmen. Die Polenden einer größeren Zahl von Stahlmagneten oder im vorliegenden Fall die Polenden des feststehenden Elektromagnetes umfassen die Peripherie dieses Eisenzylinders in seiner ganzen Länge mit möglichst geringem Zwischenraum.

Mit Hilfe einer derartig eingerichteten Maschine kann man, wenn die Verhältnisse der einzelnen Teile richtig bestimmt sind und der Kommutator richtig eingestellt ist, bei hinlänglich schneller Drehung in geschlossenen Leistungskreisen Ströme von solcher Stärke erzeugen, daß die Umwindungsdrähte der Elektromagnete durch sie in kurzer Zeit bis zu einer Temperatur erwärmt werden, bei welcher die Umspinnung der Drähte verkohlt. Bei anhaltender Benutzung der Maschine muß diese Gefahr durch Einschaltung von Widerständen oder durch Mäßigung der Drehungsgeschwindigkeit vermieden werden.«

Werner Siemens spricht weiter. Er geht auf die Unzulänglichkeit der permanenten Stahlmagnete ein und hebt die Vorzüge der Elektromagnete hervor. Er erwähnt die Kompromißlösung eines englischen Mechanikers, der die Elektromagnete eines Induktors mit dem Strom eines anderen Induktors erregt, der seinerseits mit gewöhnlichen Stahlmagneten versehen ist, und weist auf die Umständlichkeit und Unzuverlässigkeit dieser Anordnung hin. Dann aber setzt er die Kurbel des kleinen Induktors auf dem Tisch in Bewegung. Sie scheint sich nur schwer drehen zu lassen. Offensichtlich muß Dr. Siemens sich dabei anstrengen – und gleichzeitig sehen seine Gäste, wie ein Galvanometer ausschlägt, wie der Zeiger weiter und immer weiter über die Skala hingleitet, sehen, wie der Vortragende einen Regelwiderstand betätigt und dadurch den Galvanometerzeiger wieder zurückzwingt. Sie sehen ihn mit Anstrengung an der Kurbel arbeiten, und nun hält es sie nicht länger auf ihren Plätzen. Sie eilen zu dem Tisch hin. Sie wollen die Vorgänge aus nächster Nähe beobachten, und gern überläßt Siemens bald dem einen, bald dem anderen die Kurbel und beschränkt sich darauf, den Widerstand zu regulieren, je nachdem einer schneller oder langsamer an der Kurbel dreht.

Fünf Minuten … zehn Minuten … eine Viertelstunde vergehen darüber. Jeder ist über den schweren Gang der kleinen Maschine erstaunt und wundert sich fast noch mehr darüber, daß sie einer Drehung in umgekehrter Richtung fast gar keinen Widerstand entgegensetzt, einer Drehung freilich, bei der das Galvanometer sich nicht rührt, ein Anzeichen dafür, daß dabei auch kein Strom erzeugt wird.

Die sechs Männer, die sich hier um dies erste Versuchsmaschinchen drängen, sind ausnahmslos Physiker und Chemiker, Professoren an der Berliner Universität, zum Teil auch Mitglieder der Akademie der Wissenschaften, Gelehrte von Rang und Ruf, aber trotzdem ist ihnen das Gesetz von der Erhaltung der Energie, das Julius Robert Mayer schon vor 24 Jahren aufstellte, doch noch nicht so stark in Fleisch und Blut übergegangen, daß sie die Vorgänge sofort klar zu erkennen vermögen. Sie befühlen das Maschinchen; sie stellen fest, daß die Magnetwicklungen warm geworden sind, daß die Drähte des Regulierwiderstandes sogar glühend heiß sind; aber daß ihre eigene Muskelarbeit sich hier erst in elektrische Energie und danach in Wärme umsetzt, kommt ihnen noch nicht voll zum Bewußtsein. Selbst Professor Rieß, der einen Apparat zur Messung der Elektrowärme ersonnen hat, vermag die Phänomene, die ihm hier geboten werden, nicht gänzlich zu überschauen. Nur die eine Tatsache steht fest, daß es durch die neue Maschine möglich geworden ist, mechanische Arbeit in Elektrizität umzusetzen, ohne dabei permanente Magnete zur Hilfe nehmen zu müssen.

Ein Weilchen läßt Werner Siemens sie unter sich debattieren und ihre Meinungen über das eben Gesehene austauschen, dann ergreift er wieder das Wort:

»Ich möchte Sie bitten, meine Herren«, sagt er, »mit mir in die Werkstatt zu gehen. Sie können dort einen größeren Induktor bei der Arbeit sehen.«

Einen größeren Induktor? … Bei der Arbeit? … Die Worte verfehlen ihre Wirkung nicht. Voller Erwartung folgen die Geladenen Dr. Siemens über einen Flur in einen Werkstättenraum. Unwillkürlich weiten sich ihre Augen, als sie dort eine Maschine erblicken, die zwar äußerlich dem eben vorgeführten Apparat gleicht, ihn aber an Größe um das Vier- bis Fünffache übertrifft.

»Lassen Sie Dampf aufmachen, Meister Müller«, beauftragt Dr. Siemens einen Mann, der bei dieser Maschine steht, und wendet sich dann wieder an seine Gäste.

»Hier brauchen wir uns nicht mit der Kurbel abzuquälen, meine Herren.« Noch während er es sagt, bewegt er einen langen Hebel, durch den der Riemen, der von der Maschine zur Transmission führt, von der Losscheibe auf die Festscheibe gerückt wird. Der Riemen setzt sich in Bewegung, der Anker dieses großen Induktors beginnt zu rotieren.

»Ich werde Ihnen zuerst elektrisches Bogenlicht vorführen«, fährt Werner Siemens fort und manipuliert an dem Stellrad einer Bogenlampe, bis ihre beiden Kohlestifte zusammenlaufen. Der Stromkreis des großen Induktors wird dadurch geschlossen. Schon in der nächsten Sekunde klingt ein Brummen von seinem Anker auf. Ein Galvanometer schlägt weit aus. Sein Zeiger würde über die Skala hinausgleiten, wenn Doktor Siemens nicht im gleichen Augenblick die Kohlestifte der Lampe ein wenig auseinanderzöge. Hell glänzt es zwischen ihren Spitzen auf. Ein starker Lichtbogen bildet sich zwischen ihnen, im Augenblick ist der ganze Raum, in dem bisher nur eine trübe Gasflamme brannte, von sonnenhellem Licht erfüllt.

Auch diese würdigen Gelehrten können bei dem Anblick ein staunendes Ah! nicht unterdrücken. Zwar haben sie alle bei gelegentlichen Vorführungen dies Licht schon gesehen – mit Batterien oder auch mit einer magnetisch-elektrischen Maschine wurde es erzeugt –, aber dieser hier mit neuen Mitteln erzeugte mächtige Lichtbogen, der ruhig und stetig brennt, reißt sie doch zur Bewunderung hin.

Schon bereitet Werner Siemens einen anderen Versuch vor. Ein Voltameter, ein Glasgefäß mit zwei eingeschmolzenen Platinelektroden, füllt er mit leicht angesäuertem Wasser und bringt es in Verbindung mit dem Induktor, während er gleichzeitig die Bogenlampe ausschaltet. Nur noch das Gaslicht erhellt den Raum, aber auch bei seinem Schein kann man jetzt deutlich sehen, wie es von den Elektroden aufperlt, wie in ständigem Fluß Blasen in die Höhe steigen und sich in dem oberen geschlossenen Teil des Gefäßes, aus dem sie das Wasser verdrängen, Gase ansammeln. Die Wasserzersetzung ist in vollem Gang. Der elektrische Strom, der von dem Induktor herfließt, zerlegt das Wasser in seine beiden gasförmigen Bestandteile, in Sauerstoff und in Wasserstoff.

Das ist zwar kein so glänzendes Experiment wie die Erzeugung des Bogenlichtes, aber besonders die Chemiker unter den Anwesenden interessiert es höchstlich, denn es beweist ja, daß die neue Maschine auch für die Durchführung elektro-chemischer Prozesse geeignet ist. Was Davy und andere vor Jahrzehnten unter Einsetzung mächtiger galvanischer Batterien im kleinen durchzuführen versuchten, das wird man mit dieser Maschine vielleicht bald im großen ausführen können.

Während die Chemiker unter den Anwesenden diese Möglichkeit noch erörtern, ist Dr. Siemens, unterstützt von Meister Müller, schon mit dem Aufbau eines dritten Versuches beschäftigt. Zwischen zwei Isolatoren hat er einen meterlangen starken Eisendraht ausgespannt. Nun bringt er den mit dem Induktor in Verbindung und entfernt die Drähte von dem Voltameter. Dort hört die Gasentwicklung sofort auf, aber der Eisendraht wird heiß. Schon glüht er mattrot und gleich danach kirschrot auf. Immer mehr Regulierwiderstand nimmt Werner Siemens aus dem Stromkreis heraus. Stärker brummt der Induktoranker. Etwas langsamer scheint die Transmissionswelle zu laufen, die ihn antreibt, und immer stärker erglüht der Eisendraht. In blendend weißem Lichte erstrahlt er jetzt. Fast ist es wieder so hell in dem Raum wie vor kurzem, als die Bogenlampe brannte. Schwer keucht die Transmission. Mit Gewalt zieht sie den Riemen zum Induktor mit sich. Jetzt nimmt Siemens den letzten Vorschaltwiderstand heraus, da geht die Weißglut des Eisendrahtes für einen Moment in Blauglut über, und dann verspritzt und verpufft er zu Eisendampf. Nur die Gasflamme leuchtet noch.

Minuten verstreichen, bevor die Augen sich nach dem blendenden Licht des versprühenden Eisens wieder an die Gasflamme gewöhnen und wieder etwas zu erkennen vermögen. Dann kommt Gespräch auf. Man diskutiert über das, was man eben mit erlebt hat. Möglichkeiten werden erörtert, in Rede und Gegenrede Theorien verteidigt und bestritten. Erst nach geraumer Zeit vermag Dr. Siemens sich Gehör zu verschaffen und bittet noch einmal um Aufmerksamkeit für einen letzten Versuch.

»Ich möchte Ihnen zum Schluß noch zeigen, meine Herren«, beginnt er seine Erklärung, »welchen Arbeitsaufwand der Induktor bei voller Belastung erfordert, welche beträchtliche Kraft er dann der ihn antreibenden Maschinerie entgegensetzt.«

Noch während er es sagt, schließt er die beiden freien Drahtenden des Induktors kurz. Ein tiefes Aufbrummen des Ankers, in das sich Geräusche von der Transmission her mischen. Zusehends verlangsamt der Anker seine Drehung. Auch die Transmissionswelle verringert ihre Tourenzahl; der Riemen, der sie mit dem Induktor verbindet, beginnt auf der kleineren Riemenscheibe zu rutschen; durch die dabei erzeugte Wärme nimmt die Adhäsion zwischen der Scheibe und dem Riemen wieder zu. Voll kann sich dadurch die widerstrebende Kraft des Induktors auf die Transmissionswelle auswirken. Jetzt steht auch diese fast still, und 40 Meter entfernt macht der Mann heim Dampfkessel plötzlich die Entdeckung, daß auch mit seiner Maschine etwas nicht in Ordnung ist. Sie stöhnt und keucht, aber sie vermag die Transmission nicht mehr richtig durchzuziehen.

Ein paar Minuten dauert das eigenartige Schauspiel, dann zieht Dr. Siemens die beiden Drahtenden wieder auseinander, und im gleichen Augenblick läuft die Transmission wieder mit voller Geschwindigkeit, schnellt zunächst sogar beträchtlich darüber hinaus, bis der Regulator der Dampfmaschine sich wieder eingespielt hat und allmählich alles in Ordnung kommt.

Dr. Siemens schiebt den Transmissionsriemen, der die Dynamo antreibt, auf die Losscheibe, und der Anker kommt zum Stillstand.

»Der Induktor ist ein wütender Kerl«, sagt er mehr zu sich als zu den anderen. Einzelne von diesen treten an die Maschine heran, wollen sie befühlen und ziehen im nächsten Moment die Fingerspitzen zurück, denn brennend heiß ist der eiserne Ankerzylinder. Schon bei dieser ersten Vorführung der neuen Elektromaschine müssen sie die Bekanntschaft mit der Erhitzung des Ankerkörpers machen, für die ihnen einstweilen noch jede Erklärung fehlt. Fast zehn Jahre wird es auch noch dauern, bevor man die wirklichen Gründe dafür erkannt und die technischen Mittel zu ihrer Beseitigung entwickelt hat.

An diesem Dezemberabend des Jahres 1866 macht man sich darüber noch wenig Kopfzerbrechen. Als eine Nebenerscheinung tritt diese Erwärmung der Maschine den glänzenden Experimenten gegenüber, die man hier eben gesehen hat, in den Hintergrund. Ausnahmslos sind die hier Versammelten sich darüber einig, daß man es mit einer bahnbrechenden Erfindung zu tun hat, durch die der angewandten Elektrizität – das Wort Elektrotechnik ist noch nicht bekannt – ganz neue Wege geöffnet werden. Wieder kommt eine Diskussion auf, und immer mehr kristallisiert sich dabei der Gedanke heraus: Die Erfindung muß so schnell wie möglich veröffentlicht werden, und in einer solchen Weise muß es geschehen, daß niemand dem Dr. Werner Siemens die Priorität der Erfindung streitig machen kann. Über die Art der Veröffentlichung wird man sich schnell einig. Die Königliche Akademie der Wissenschaften ist das geeignete Forum dafür. Ein wenig Sorge macht noch die Zeitfrage. Weihnachten steht vor der Tür. Die Festwochen wird man notgedrungen verstreichen lassen müssen, doch gleich in der ersten Sitzung der Akademie im kommenden Jahr muß die Veröffentlichung erfolgen. Das ist nicht nur die einstimmige Meinung der Gäste; auch Dr. Siemens tritt mit einer Dringlichkeit dafür ein, daß sich die anderen fast darüber wundern. Sie wissen freilich nicht, was ihr Gastgeber weiß oder zum mindesten doch ahnt. Daß nämlich die Zeit für diese große Erfindung reif geworden ist, und daß es vielleicht nur um Monate, vielleicht sogar nur um Wochen gehen kann, bis auch andere darauf kommen, wie das ja schon öfter als einmal mit großen, bahnbrechenden Erfindungen, beispielsweise mit dem Fernrohr, der Fall gewesen ist, das auf die Woche gleichzeitig in Holland und in Italien konstruiert wurde. –

Am 17. Januar 1867 findet die denkwürdige Sitzung der Königlich-Preußischen Akademie der Wissenschaften statt, in welcher der Ständige Sekretär der Akademie, Professor Magnus, einen Vortrag verliest, der den Titel trägt: Über die Umwandlung von Arbeitskraft in elektrischen Strom ohne permanente Magnete.

Gespannt folgt ein Auditorium von Gelehrten, unter denen sich die besten Köpfe der preußischen Monarchie befinden, den Ausführungen des Vortragenden, denn infolge der engen Beziehungen, die zwischen der Berliner Universität und der Akademie bestehen, hat es sich in den vergangenen Wochen bereits herumgesprochen, daß man heute etwas ganz Großes und Neues hören wird; daß es sich um eine Erfindung handelt, die wohl geeignet ist, der Technik kommender Jahrzehnte die Richtung zu weisen.

Satz für Satz verliest der Vortragende die Ausführungen, die Dr. Siemens für ihn zu Papier brachte, und die sich im wesentlichen mit dem decken, was während jener ersten Vorführung im Dezember 1866 schon einmal gesagt wurde. Je weiter der Vortragende kommt, desto stärker werden die Zuhörer von seinen Ausführungen gefesselt. Zustimmendes Nicken und Äußerungen des Beifalls, sonst kaum in dieser gelehrten Körperschaft gehört, zeigen, wie stark das heute behandelte Thema alle Anwesenden in seinen Bann schlägt. Das Interesse läßt auch nicht nach, als der Redner sich über die Nachteile und Schwächen der permanenten Stahlmagnete verbreitet und von den Schwierigkeiten spricht, ihre magnetische Kraft auf eine kleine Polfläche zu konzentrieren. Beifall wird vernehmbar, als er fortfährt:

»Magnetinduktoren mit Stahlmagneten sind daher nicht geeignet, wo es sich um Erzeugung sehr starker andauernder Ströme handelt. Man hat es zwar schon mehrfach versucht, solche kräftigen magnet-elektrischen Induktoren herzustellen und auch so kräftige Ströme mit ihnen erzeugt, daß sie ein intensives elektrisches Licht gaben, doch mußten diese Maschinen kolossale Dimensionen erhalten, wodurch sie sehr kostbar wurden. Die Stahlmagnete verloren ferner bald den größten Teil ihres Magnetismus und die Maschine ihre anfängliche Kraft.«

Lastendes Schweigen herrscht wieder, als Magnus nun auf Versuche zu sprechen kommt, die man im Ausland bereits unternommen hat, um dem Übel der Stahlmagnete zu Leibe zu gehen. Jeder der Anwesenden begreift in diesen Minuten, daß auch außerhalb der preußischen Grenzen Kräfte am Werk sind, dies Problem zu lösen, und daß es eine Ehrenpflicht der Akademie ist, dem deutschen Erfinder, der zuerst eine grundsätzliche Lösung fand und praktisch ausführte, die Priorität seiner Erfindung zu sichern. Daß sie es kann, steht gottlob außer Zweifel, seitdem in der Wissenschaft der allgemein angenommene, von Arago beantragte und von der französischen Akademie optierte Grundsatz gilt, »daß ein Prioritätsrecht demjenigen zusteht, der einen neuen Gedanken zuerst in klarer, verständlicher Weise durch den Druck oder Mitteilung an eine Akademie, welche ihre Verhandlungen publiziert, veröffentlicht hat.«

Lauter Beifall erfüllt den Saal, als der Vortragende schließt:

»Der Technik sind gegenwärtig die Mittel gegeben, elektrische Ströme von unbegrenzter Stärke auf billige und bequeme Weise überall da zu erzeugen, wo Arbeitskraft disponibel ist. Diese Tatsache wird auf mehreren Gebieten derselben von wesentlicher Bedeutung werden.«

Einstimmig wird danach beschlossen, den Vortrag in den Monatsberichten der Akademie unter dem Datum des 17. Januar zu veröffentlichen. Einwandfrei ist dadurch die Erfindung des Dynamoprinzips und der Dynamomaschine für alle Zeiten als eine deutsche Meistertat festgestellt.

Das Ausstellungsjahr 1867

Ein eigenartiges Jahr ist das Jahr 1867. Nach der kurzen kriegerischen Auseinandersetzung zwischen Preußen und Österreich scheint im Konzert der europäischen Großmächte wieder volle Harmonie zu herrschen. Der Kaiser der Franzosen lädt zu einer Weltausstellung in Paris ein, auf der alle Nationen in den Künsten des Friedens miteinander wetteifern sollen. In allen Ländern der Erde rüstet sich die Industrie, ihre Spitzenleistungen auf »die große Völkermesse in der Lichtstadt« zu bringen.

Es ist selbstverständlich, daß auch die Telegraphenbauanstalt von Siemens u. Halske dabei nicht fehlen wird. Alles, was sie in den nunmehr 20 Jahren ihres Bestehens für die elektrische Telegraphie und das Eisenbahnsicherungswesen an Mustergültigem schuf, wird sie in Paris ausstellen. Freilich wird sie auf diesen Gebieten einen scharfen Wettbewerb zu bestehen haben, denn auch die anderen haben nicht geschlafen. Überraschend offenbart sich die konstruktive Geschicklichkeit der französischen Techniker in zahlreichen Telegraphenapparaten, und fast noch glänzender sind die Engländer vertreten, die einen Thomson und einen Wheatstone zu den Ihrigen zählen. Auf einem Gebiet aber wird die Berliner Firma konkurrenzlos sein. Als erste und einzige Ausstellerin wird sie die neue dynamoelektrische Maschine des Dr. Siemens nach Paris bringen. –

Jener größere Induktor, den der Erfinder schon im Dezember des vergangenen Jahres einem kleinen Kreis von Gelehrten vorführte, ist nicht der einzige seiner Art geblieben. Schon in den Januartagen des Jahres 1867 hebt in der Markgrafenstraße ein Konstruieren und Bauen an, daß dem Kompagnon Georg Halske bisweilen die Haare zu Berge stehen. Ohne es klar zu erkennen, ahnt er doch instinktiv, daß seine Mechaniker sich auf ein neues, auf ein unbekanntes und vielleicht gefährliches Gebiet begeben haben. In der Tat ist sein Gefühl nicht unbegründet. Die Gehilfen, die jetzt in einer besonderen Abteilung nach den Plänen von Werner Siemens kleine und große Dynamoinduktoren bauen, stehen im Begriff, aus Mechanikern zu Maschinenbauern zu werden. Von heute auf morgen läßt sich solche Wandlung freilich nicht erreichen, und noch lange wird man es der jungen Dynamomaschine anmerken, daß sie unter Mechanikerhänden ihre erste Form gewann. –

Der Wissenschaftler Siemens ersann die neue Maschine. Der Wirtschaftler Siemens stellt die Frage, wo kann sie alsbald praktisch verwendet werden, und der Techniker Siemens gibt die Antwort darauf. –

Ein Basaltbruch im Tal der fränkischen Saale. Noch liegt strichweise Märzenschnee auf der schwarzbraunen Steinwand, an der die Häuer mit Fäustel und Gezähe den langen Vormittag über die Bohrlöcher in den harten Basalt vorgetrieben haben. Um die zwölfte Stunde kommt der Schießmeister Vogt, um wie üblich die Schüsse zu setzen und später in der Mittagspause wegzutun, das heißt, zur Explosion zu bringen. Heute kommt er nicht allein. Ein Mann, dem man den Städter ansieht, geht neben ihm. Einen derben Kasten trägt der Fremde wie einen Handkoffer in der Rechten; eine Rolle isolierten Drahtes hat er über die linke Achsel gehängt.

»Na, Herr Schmidt«, meint Vogt, während sie auf die Basaltwand zuschreiten, »ich werde die Schüsse setzen und verdammen, die Sprengung ist heut' ihre Sache. Für das Wegtun aller Schüsse haben Sie die Verantwortung.«

Meister Schmidt lacht. »Keine Sorge, Herr Vogt, unser Minenzünder arbeitet zuverlässig. Heut' können Sie mir noch zusehen, morgen werden Sie schon selbst damit arbeiten.«

Der Schießmeister schüttelt den Kopf und wirft einen mißtrauischen Blick auf den Kasten, den sein Begleiter mit sich führt. So ganz geheuer ist ihm die Geschichte noch nicht. Vorläufig wird er jedenfalls mal den anderen die Sache machen lassen und sich aufs Zugucken beschränken. Nun stehen sie vor dem ersten Bohrloch. Der Schießmeister winkt zwei Leute heran. Mit einem schweren Kasten aus Eichenholz kommen die angetrabt. Mit einem ziemlich komplizierten Schlüssel öffnet der Schießmeister den Kasten und entnimmt ihm stangenförmige Stücke aus einer weißen, wie es scheint etwas teigigen Masse, die er in das Bohrloch hineindrückt, bis es zum größten Teil damit gefüllt ist.

Sein Begleiter ist inzwischen nicht müßig geblieben. Aus seiner Rocktasche nimmt er ein kleines kapselartiges Ding von kaum Fingerhutgröße. Schon ist die Drahtrolle von seiner Schulter geglitten, schon hat er zwei Drahtenden mit der kleinen Kapsel in seiner Hand verbunden. Jetzt tritt er neben den Schießmeister, führt die Drähte in das Bohrloch und gibt dem Schießmeister dabei Erklärungen:

»Sehen Sie, Herr Vogt, so muß die Zündkapsel auf dem Sprengstoff liegen. Jetzt können Sie verdämmen.«

Aufmerksam hat der Schießmeister zugesehen. Nun schüttet er Gesteinsmehl, das bei früheren Bohrungen gewonnen wurde, in das Loch. Erst trockenes, dann feuchtes Mehl, und zuletzt stampft er diese Füllung mit einem Hammerstiel fest.

»Sehen Sie, Herr Vogt, das ist die ganze Kunst«, sagt Meister Schmidt, während sie zum nächsten Bohrloch gehen und dort das gleiche wiederholen. So geht es weiter, und in einer knappen Viertelstunde sind alle Schüsse gesetzt. Bei den letzten Löchern braucht Meister Schmidt keine Hand mehr zu rühren, bei ihnen bringt der Schießmeister schon selbst die Sprengkapseln ein.

»So weit wären wir«, meint Vogt, als der letzte Schuß gesetzt ist, »was kommt jetzt?«

»Das werden Sie gleich sehen«, sagt Schmidt, während sie von der Wand zu einem sicheren Platz hinter einer Felsnase gehen. Dabei rollt Meister Schmidt den Draht hinter sich ab und führt auf diese Weise die Leitung bis zu dem Platz, den sie jetzt erreicht haben. Dort verbindet er die Enden der Leitung mit zwei Klemmschrauben auf dem Deckel seines Kastens, greift wieder in die Tasche, holt eine kräftige Handkurbel heraus und steckt sie in eine Seitenöffnung seines Zauberkastens. Schweigend hat Vogt ihm zugesehen.

»Was kommt jetzt?« wiederholt er seine Frage.

»Jetzt geben Sie mal Ihr Warnungszeichen, daß geschossen wird«, sagt Schmidt. Der Schießmeister greift nach einem kleinen Horn an seiner Seite. Obwohl der Steinbruch in dieser Mittagsstunde absolut verlassen daliegt, gibt er dreimal ein weithin hörbares Hornsignal. Zwei Minuten läßt Meister Schmidt danach noch vergehen, dann schreit er plötzlich aus voller Lunge:

»Achtung! Es brennt!«

Im gleichen Augenblick dreht er die Kurbel an seinem Kasten ein paarmal schnell herum und drückt danach auf einen Metallknopf. Noch hat er den Finger von dem Knopf nicht zurückgezogen, als von der Felswand her ohrenbetäubendes Krachen laut wird. Gleichzeitig sind sämtliche Schüsse losgegangen und haben große Mengen des Basaltgesteins abgesprengt. Polternd stürzen die losgerissenen Massen zu Tale.

»Das war das Ganze, Herr Vogt«, sagt Meister Schmidt, als wieder Stille eingetreten ist. »Die Kurbel ein paarmal schnell drehen und dann auf den Knopf drücken. Dann gehen die Schüsse los.«

»Ich glaube, morgen werde ich schon selbst elektrisch sprengen«, meint der Schießmeister, während sie zusammen zu dessen Bude zurückgehen.

»Bravo, Herr Vogt«, lobt ihn Meister Schmidt. »Freut mich, daß Sie sich mit der neuen Sache so schnell anfreunden. Die Hauptsache ist, daß Sie die Drähte richtig verbinden. Dafür lasse ich Ihnen ein Schaltungsschema hier und will Ihnen die Sache nochmals genau auseinandersetzen.« –

Die einfache Schaltung ist leicht erklärt, und der Schießmeister hat sie auch gut begriffen. Doch nun möchte er auch noch wissen, was denn in dem Zauberkasten eigentlich drin ist. Meister Schmidt deutet auf die plombierten Verschlußschrauben.

»Aufmachen kann ich Ihnen den leider nicht«, meint er dazu mit einem Achselzucken, »aber auch davon habe ich eine Zeichnung hier. Die Sache ist ganz einfach. In dem Kasten befindet sich einer der neuen Dynamoinduktoren. Hier sehen Sie auf der Zeichnung die beiden Elektromagnete. Hier den zylindrischen Anker, der von den beiden Magnetpolen dicht umfaßt wird. Hier das große Zahnrad, durch welches das kleine Zahnrad des Ankers angetrieben wird; hier stecke ich meine Kurbel 'rein. Ich drehe, der Induktor erregt sich, gibt erst mal einen kräftigen

Kurzschlußstrom, dann drücke ich auf den Knopf hier, der Strom geht in die Außenleitung und tut die Schüsse weg. Das ist die ganze Kunst.«

Vollständig begriffen hat der Schießmeister die Erklärung zwar nicht. Das Wort Dynamoinduktor bleibt ihm ein Buch mit sieben Siegeln, aber daß die Sache in der Praxis höchst einfach ist und sicher funktioniert, das leuchtet ihm ein. Und daß er morgen schon selbst mit dem Minenzünder von Siemens u. Halske sprengen wird, das steht auch fest bei ihm. Meister Schmidt aber kann ihm den neuen Minenzünder beruhigt überlassen, denn das ist jetzt kein empfindlicher physikalischer Apparat mehr, sondern ein kräftiges, technisches Gerät, das der rauhen Behandlung, mit der man in einem Steinbruch oder Bergwerk nun einmal rechnen muß, unbedingt gewachsen ist.

Über die Vorzüge der elektrischen Minenzündung gegenüber dem älteren Verfahren mit Zündschnüren ist man sich schon seit längerer Zeit klar. Jetzt hat man in dem dynamo-elektrischen Minenzünder auch das richtige Gerät für ihre Anwendung, und schnell findet es in der Praxis Eingang. Allein nach Rußland werden im Laufe von zwei Jahren hundert derartige Zünder geliefert, und noch größer ist der Absatz in Deutschland und in England, wo das Londoner Haus Siemens Brothers sich dafür einsetzt. –

In der Markgrafenstraße wird indes unermüdlich weiter konstruiert und gebaut. Man hat ja schon seit langem zweizylindrige Dampfmaschinen, warum soll man nicht auch eine zweizylindrige Dynamomaschine planen, bei der zwei Doppel-T-Anker zwischen den Polen von Elektromagneten rotieren. Nicht nur ein neues, den Fortschritt prägnant veranschaulichendes und daher für die Pariser Weltausstellung besonders geeignetes Objekt würde eine solche Maschine sein, auch physikalische Vorzüge unbestreitbarer Art würde sie aufweisen. Kann man doch die Ströme ihrer beiden Anker so zusammenschalten, daß der Gesamtstrom eine bedeutend geringere Welligkeit hat und einem wirklichen Gleichstrom schon sehr nahe kommt. Die praktische Ausführung zeigt, daß dieser Gedankengang richtig ist, und eine Zeitlang wird sogar der Plan erwogen, Dynamomaschinen mit noch mehr als zwei Doppel-T-Ankern zu bauen.

Vor allem jedoch gilt es, die Leistungen, der Maschine, und das heißt auch ihre Abmessungen, zu vergrößern. Über die Erfahrungen aber, welche man dabei machen muß, enthalten die Briefe, die Werner Siemens in diesen Monaten an seinen Bruder schreibt, aufschlußreiche Mitteilungen. Da heißt es in einem Brief vom 2. Februar 1867:

»Der große Induktor ist ein wütender Kerl, der sich noch sehr ungeschlacht benimmt. Wenn man ohne ansehnlichen Widerstand schließt, hält er ohne weiteres die Dampfmaschine fest, und zwar ohne Reibung, nur durch magnetische Kraft! Dabei wird der Anker des rotierenden Magnetes (Eisen, nicht der Draht) heiß!...«

In einem anderen Schreiben aus dem gleichen Monat heißt es:

»Die Ankerwelle biegt sich wie ein Peitschenstiel hin und her, obwohl wir sie schon mehrfach verstärkt haben...«

Zwei Probleme, deren Lösung noch Jahre in Anspruch nehmen wird, sind damit klar angedeutet. Einmal ist es die Beherrschung der sehr großen mechanischen Kräfte, die vollständig erst gelingt, nachdem aus den Mechanikern wirklich versierte Maschinenbauer geworden sind. Zweitens aber ist es diese rätselhafte Erhitzung des Ankereisens, für die man einstweilen noch vergeblich nach einer Erklärung sucht, obwohl sie in den von Foucault aufgestellten Induktionsgesetzen eigentlich schon ganz klar gegeben ist. Genau so wie in den Drahtwindungen müssen ja auch in dem Eisen des rotierenden Ankers Ströme induziert werden. Da sie dort kurz geschlossen verlaufen können, müssen sie naturgemäß eine beträchtliche Stärke erreichen, müssen einen großen Teil, ja sogar den größten Teil der von der Dampfmaschine zugeführten Arbeit in Wärme umsetzen und das Ankereisen erhitzen. Heute sind diese Vorgänge schon für jeden Techniker im ersten Semester vollkommen klar, und das Mittel dagegen, die Unterteilung des Ankereisens, ist eine Selbstverständlichkeit. In den Jahren von 1867 bis 1875 zerbrechen sich indes Wissenschafter und Praktiker die Köpfe darüber, und Jahre hindurch weiß man kein besseres Mittel dagegen, als ständig kaltes Wasser auf die heiß werdenden Teile rieseln zu lassen. Im Herbst des Jahres 1866 läuft zwar die erste Dynamomaschine, aber Jahre hindurch wird noch schwere, schöpferische Entwicklungsarbeit geleistet werden müssen, bevor sie wirklich zu einem idealen Stromerzeuger wird. –

Für den Augenblick muß man sich mit dem begnügen, was man hat. Auf die Pariser Weltausstellung schickt Berlin mehrere Exemplare des Minenzünders und einen großen einzylindrigen Induktor. Von der Absendung einer zweizylindrigen Dynamomaschine nimmt man indes Abstand, da die Erwärmungsschwierigkeiten bei ihr noch zu groß sind. In Paris erregen diese deutschen Ausstellungsobjekte berechtigtes Aufsehen und werden auch mit einem ersten Preise ausgezeichnet, obwohl im Preiskomitee auch der Engländer Wheatstone sitzt, der Werner Siemens die Priorität der Erfindung gern streitig machen möchte. Sir Charles Wheatstone, dessen Name aus der Elektrotechnik nicht wegzudenken ist und dessen Meßbrücke zu den unentbehrlichen Hilfsmitteln des wissenschaftlich arbeitenden Elektrikers gehört, hat in der Tat im Februar des Jahres 1867 in der Royal Society zu London ebenfalls eine kleine Dynamomaschine gezeigt, und er trägt es nur schwer, daß Werner Siemens ihm mit seiner Erfindung zuvorgekommen ist. Aber daran läßt sich nun nichts mehr ändern, und die Preisverteilung auf der Pariser Weltausstellung im Herbst 1867 bestätigt nur, was seit jener Januarvorlesung in der preußischen Akademie der Wissenschaften bereits feststeht. Die Dynamomaschine ist eine deutsche Erfindung. –

Noch zwei einschneidende Veränderungen bringt das Jahr 1867 für das Haus in der Markgrafenstraße. Johann Georg Halske trennt sich von seinem Partner und scheidet aus der Firma aus. Werner Siemens sagt darüber in seinen Lebenserinnerungen:

»Die günstige Entwicklung des Geschäftes – es wird dies manchem auf den ersten Blick nicht recht glaublich erscheinen – war der entscheidende Grund, der ihn dazu veranlaßte. Die Erklärung liegt in der eigenartig angelegten Natur Halskes. Er hatte Freude an den tadellosen Gestaltungen seiner geschickten Hand sowie an allem, was er ganz übersah und beherrschte ... Das wurde aber anders, als das Geschäft sich vergrößerte und nicht mehr von uns beiden allein geleitet werden konnte. Halske betrachtete es als eine Entweihung des geliebten Geschäftes, daß Fremde in ihm anordnen und schalten sollten. Schon die Anstellung eines Buchhalters machte ihm Schmerz. Er konnte es niemals verwinden, daß das wohlorganisierte Geschäft auch ohne ihn lebte und arbeitete.«

Nach seinem Ausscheiden im Herbst des Jahres 1867 wurde auch das Halskesche Prinzip der Alleinherrschaft der Werkstatt durchbrochen. Man suchte nun wirklich einen Zeichner. Das erfuhr Professor Gustav Zeuner am Polytechnikum in Zürich, und er empfahl seinen Schüler Friedrich von Hefner-Alteneck, der bereits im Sommer als einfacher Gehilfe in die Werkstatt eingetreten war, da um diese Zeit noch kein Bedarf an Zeichnern bei Siemens & Halske bestand. Am 30. September wurde von Hefner-Alteneck in das neu gegründete Konstruktionsbüro versetzt. Als erster kam er dorthin und baute das Büro in den folgenden Jahren erst auf.

Die weitere Entwicklung der Dynamomaschine wird mit dem Namen dieses hervorragenden Konstrukteurs und Elektrikers eng verbunden sein.

Der Trommelanker (1872)

Von seinem Konstruktionsbüro spricht Dr. Siemens in den nächsten Jahren. Sein Prokurist Karl Haase findet diese Bezeichnung viel zu gewichtig und nennt es nur »das Zeichenzimmer«. In der Tat ist es nur ein zweifenstriges Zimmer, in dem jetzt schon fünf Zeichner über ihre Reißbretter gebeugt arbeiten. Der Chef dieses Büros, Herr von Hefner-Alteneck, der lange, blonde Bayer, hat sich seinen Platz in dem kleinen Vorzimmer gesucht. Dort sitzt er, die Beine angezogen und auf den Knien eine kleines Reißbrett, auf dem er jene Konstruktionen entwirft, die seinem Namen in der technischen Welt bald einen guten Klang verschaffen und ihn zu einem von Jahr zu Jahr mehr geschätzten Mitarbeiter der Firma machen.

Schwachstromapparate sind es zunächst, Glockensignalwerke für Eisenbahnen, Schiffskommandoapparate, Wasserstandsfernmelder und dergleichen mehr. Doch bald kommt von Hefner-Alteneck auch an die Dynamomaschine, die in der Zwischenzeit ihre Form kaum verändert hat. Noch immer wird der Doppel-T-Anker mit ungeteiltem Eisen verwendet, und wohl oder übel muß man das heroische und für die Isolation so gefährliche Mittel der Wasserkühlung anwenden, um die Erhitzung des Ankereisens in erträglichen Grenzen zu halten.

Das mag nun zur Not angehen, so lange es sich um ortsfeste Maschinen handelt, denen man ständig Frischwasser zuführen kann, aber das Bild ändert sich, sobald das Militär Interesse für die Dynamo und das Bogenlicht zeigt. Da werden ortsbewegliche Maschinen benötigt, mit denen man in der Gegend herumfahren und bald hier, bald dort ein Objekt anstrahlen kann.

Von Hefner-Alteneck findet eine Lösung für diese Aufgabe. Er konstruiert eine Wechselstrommaschine, deren bewegte Spulen kein Eisen enthalten und daher auch nicht heiß werden. Um die feststehenden Elektromagnete dieser Maschine zu erregen, braucht man freilich Gleichstrom, und dafür ist eine Gleichstromdynamo unentbehrlich. Aber diese kann klein gehalten werden, da der Strombedarf der Elektromagnete nicht bedeutend ist, und ihre Erwärmung bleibt daher so gering, daß man ohne Wasserkühlung auskommt. So kann man das Ganze auf ein Fahrzeug setzen, und die bewaffnete Macht bekundet alsbald lebhaftes Interesse für diese ersten Beleuchtungswagen.

So findet zum Beispiel im Sommer 1868 eine Bogenlichtbeleuchtung auf dem Tegeler Schießplatz bei Berlin statt, für die ein derartiges von einer Lokomobile angetriebenes Maschinenaggregat den Strom liefert. Werner Siemens schreibt darüber am 10. Juli an Bruder Wilhelm nach London:

»Heute abend machen wir wieder Beleuchtungsversuche mit der dynamo-elektrischen Maschine auf dem Artillerieschießplatz. Bei den letzten Versuchen beleuchtete der Apparat auf 2500 Schritt eine Scheibe so hell, daß man mit den Gewehren danach schießen konnte und von 10 Schuß 9 Treffer hatte. Heute wird mit Kanonen nach elektrisch beleuchtetem Ziele geschossen.«

Im März 1869 macht auch die bayrische »Geniebesatzungskommision« in München mit der neuen Maschine Beleuchtungsversuche. Allerdings hat sie sich nicht zur Beschaffung einer Dampflokomobile aufgeschwungen, sondern läßt die Dynamo durch 50 Pioniere drehen. Die Rechnung 10 Menschenkräfte = 1 Pferdekraft ist sogar ziemlich richtig, doch es fällt den braven Landsern schwer, während der bei finsterer Nacht angestellten Versuche immer im richtigen Takt zu bleiben. Zwar ist der Beleuchtungseffekt trotzdem ganz befriedigend, aber die Herren Militärs kommen doch zu dem Schluß, daß die Sache in der Form für den Feldgebrauch noch nicht recht praktisch ist und fassen für weitere Unternehmungen die Beschaffung einer Lokomobile ins Auge.

Bewundernswert bleibt bei dieser langsamen Entwicklung – man könnte schon fast von einer Stagnation sprechen – der Optimismus von Werner Siemens. Am 7. April 1869 schreibt er an einen seiner Brüder:

»Es ist gegenwärtig eine große dynamo-elektrische Maschine fertig geworden, welche mit einer Lokomobile von 8 Pferdekräften kombiniert ist. Sie ist zu militärischen Beleuchtungszwecken bestimmt und gibt ein so brillantes elektrisches Licht, wie wohl kaum bisher erzielt ist. Man wird wohl künftig alle Festungen, Hafenbatterien und Kriegsdampfer mit solchen Apparaten versehen, um in der Nacht den Feind beleuchten und beschießen zu können.«

Anders sieht von Hefner-Alteneck die Dinge an. Den wurmt es schon lange, daß man mit dem Gleichstrominduktor nicht recht vom Fleck kommt, und um die Jahreswende von 1871 auf 1872 nimmt er ihn sich noch einmal vor, um sein konstruktives Talent daran zu versuchen. Da lebt in Paris ein gewisser Zénobe Theophile Gramme. Der Mann ist ursprünglich Modelltischler gewesen und hat vor einem Jahr eine Gleichstromdynamo geschaffen, die während des Betriebes nicht so heiß wird. Zwar munkelt man, daß er die Idee dazu dem italienischen Physiker Antonio Pacinotti gestohlen haben soll, aber das ändert nichts an der Tatsache, daß seine Maschine gut ist, oder zum mindesten doch besser als der Induktor mit dem Doppel-T-Anker. Einen ringförmigen Anker, den Pacinottischen Ring, hat die Maschine von Gramme.

Das wird man sich merken müssen, denkt Herr von Hefner-Alteneck, während er das kleine Reißbrett auf seinen Knien balanciert, eine Skizze nach der anderen entwirft und das Gezeichnete wieder mit dem Gummi wegwischt. Der Ring hat Vorteile, muß er zugeben, aber er hat auch seine Nachteile. Drei Viertel des auf ihn gewickelten Kupferdrahtes werden nicht induziert und bilden nur einen schädlichen Widerstand. Nur ein Viertel ist wirklich nutzbar. Während von Hefner-Alteneck diese Gedanken formt, arbeitet seine Rechte auf dem Brett weiter, und wie eine Inspiration überkommt es ihn dabei.

Rastlos gleitet der Bleistift über das Papier. Das Bild eines Zylinders entsteht. Soll es doch wieder ein Doppel-T-Anker werden? Dann müßten jetzt die beiden Nuten für die Windungen eingezeichnet werden. Doch nichts dergleichen geschieht. Der Bleistift führt nur gerade Striche auf dem Zylindermantel aus. Eine zusammenhängende achsiale Drahtwindung, die den Zylinder auf seinem ganzen Umfang gleichmäßig bedeckt, entsteht unter der Hand des Zeichnenden. Als ein trommelartiges Gebilde stellt sich das Ganze schließlich dar. Gerötet ist das Gesicht des Konstrukteurs, als er nun den Stift beiseite legt und sein Werk betrachtet, als er noch einmal durchdenkt, was er eben zu Papier brachte. Etwas vollkommen Neues hat er geschaffen. Wie unter einem inneren Zwange hat er es entworfen, und erst jetzt kommen ihm die Vorzüge des Entwurfes voll zum Bewußtsein.

Vermieden sind in dieser Skizze die nutzlosen Windungen des Grammeschen Ringes, der sich bei Hefners Skizze zu einem Zylinder schließt. Vermieden sind auch die Nachteile des Doppel-T-Ankers, der nur einen kleinen Teil des Zylinderumfanges mit der Wicklung belegt. Bessere Wirkungen muß diese neue Anordnung ergeben als der alte Siemens-Induktor, bessere aber auch als die Grammesche Ringmaschine.

Von Hefner nimmt das Blatt von dem Reißbrett ab und spannt einen neuen Bogen auf. Bisher hat er nur skizziert, jetzt beginnt er mit Dreieck und Zirkel sorgsam zu konstruieren. Was bisher nur erfinderische Idee war, gewinnt nun auf dem Papier in allen Einzelheiten feste Gestalt. Ein vielteiliger Kollektor fügt sich der Ankertrommel an. Zahlen, neben die einzelnen Drahtwindungen geschrieben, lassen den Verlauf der Wicklung genau erkennen.

Ganz von der neuen Idee besessen, völlig in seine Arbeit versunken, hat der Konstrukteur weder Auge noch Ohr für seine Umgebung. Er hört es kaum, daß der Oberingenieur Frischen in seinem gewohnten Eiltempo an ihm vorbei in das Zeichenzimmer gestürzt kommt und die allerschnellste Anfertigung von ein paar Schaltungsschemen auf Pausleinwand fordert. Er sieht die Mechaniker nicht, die an ihm vorbeikommen, um sich aus dem Büro große, auf Pappe geklebte Werkzeichnungen zu holen. All sein Sinnen und Denken konzentriert sich auf die neue Konstruktion, die dicht vor seinen Augen auf dem kleinen Brett entsteht.

Die Stunden verfließen darüber. Schon bricht die frühe Dämmerung des Januartages herein. Das Faktotum! des Zeichenzimmers, ein Herr Caesar, den seine Kollegen nur Julius nennen, stellt eine brennende Öllampe vor ihn auf den Tisch, richtet bei der Gelegenheit eine Frage an von Hefner und bekommt nur einen stummen, aber unmißverständlichen Wink, daß er schleunigst verduften möge.

»Der »Lange« ist heute ungemütlich«, referiert Julius Caesar über das Vorkommnis im Zeichenzimmer. Eifriger klappern daraufhin dort die Reißschienen und Winkel, häufiger klirren die Tuschnapfdeckel. Schlechte Laune beim »Langen«, außerdem jeden Augenblick neuer Besuch von »F. I.«, dem Oberingenieur Frischen, zu erwarten, da heißt es Arbeitseifer entwickeln, um jeden Grund zu einem Donnerwetter aus dem Wege zu räumen. Schon hat die Uhr die sechste Abendstunde verkündet, aber hier denkt noch niemand daran, Feierabend zu machen. Die Zeichnungen für Frischen müssen ja noch fertig werden, und von Hefner hat bei seiner Arbeit überhaupt das Gefühl für Zeit und Raum verloren.

Wieder öffnet sich die Tür, aber diesmal ist es nicht Frischen, von dem man nie recht weiß, ob er sie mit den Füßen, den Ellbogen oder dem Kopf aufstößt. Es ist der »Alte«, der Chef selbst, Herr Dr. Siemens, der zu dieser späten Zeit noch eintritt. Er will in sein »Konstruktionsbüro«, um sich die Zeichnung einer »Unipolarmaschine« zu holen, wirft im Vorbeigehen einen Blick auf die Arbeit von Hefners und verhält seinen Schritt. Jetzt beugt er sich, die Brille rückend, über das kleine Brett; während er seiner Zigarre einige kräftige Stöße entlockt, betrachtet er die Zeichnung und ist sofort davon gefesselt. Eine Weile herrscht Schweigen, indes er sich in die Details der Konstruktion vertieft, dann kommt es zwischen Werner Siemens und von Hefner-Alteneck zu Rede und Gegenrede.

Der Doktor hat eigentlich ganz andere Dinge im Kopf. Seit langem sitzt er selbst ja schon an dem Entwurf einer ganz eigenartigen Dynamomaschine, der sogenannten Unipolarmaschine, die ohne einen Kollektor arbeiten und einen vollkommenen Gleichstrom liefern soll. Ein Sorgenkind ist dies Problem für ihn, dem er jede freie Stunde widmet, und das trotz aller Bemühungen nicht recht vom Fleck kommt. Hier auf dem Brett von Hefners sieht er jetzt etwas ganz anderes, und schnell fühlt er sich in den fremden Gedankengang ein, macht hier eine sachliche Bemerkung, schlägt dort noch eine kleine Abänderung vor und ist völlig in die Sache vertieft, als auch noch Frischen dazukommt und ebenfalls seine Meinung äußert.

Von Hefner liebt die Überfälle des Oberingenieurs in seine eigene Domäne nicht sonderlich, und gelegentlich gibt er seinem Unmut darüber in einer mäßig groben bayrischen Weise offenen Ausdruck. Auch jetzt klingt aus ihrer Unterhaltung ein gewisser Gegensatz heraus. In zugespitzten Pointen faßt der Hannoveraner Frischen seine Ansicht zusammen, breit bajuwarisch antwortet von Hefner darauf. Seine volle Seelenruhe bewahrt Dr. Siemens bei dieser Diskussion. Jeder bessere Vorschlag findet ein offenes Ohr bei ihm, und mit wunderbarem Gleichmut, ja meist in liebenswürdiger Form gleicht er sich widerstrebende Meinungen mit kurzen Worten aus. Durch alles So und So der Konstruktionsideen dringt immer wieder sein ermunterndes »Vorwärts«.

Vorwärts! Das ist das Ergebnis, zu dem man noch in dieser Abendstunde kommt. Sofort, so schnell jedenfalls, wie nur möglich, soll die neue Dynamo nach den Plänen von Hefners gebaut werden. Daß sie gegenüber dem Bisherigen einen Fortschritt bedeutet, darüber sind sich ja die drei, die diesen Beschluß hier fassen, einig. Was sie wirklich leistet, wird man erst sehen können, wenn sie in Stahl und Kupfer Wirklichkeit geworden ist. –

Eifrig sind in den nächsten Tagen die Zeichner an ihren Reißbrettern damit beschäftigt, die Konstruktion von Hefners in Werkzeichnungen umzusetzen. Sogar der Oberingenieur Frischen, der es nach einem Ausspruch von Julius Caesar immer »lausig eulig« hat, muß sich in diesen Tagen mit seinen Schaltungsschemen ein wenig gedulden. Dann beginnt die Arbeit in den Werkstätten. Gußmodelle fertigen die Modelltischler an. In der Dreherei wird die stählerne Achse für die neue Maschine fertiggemacht und der zylindrische Ankerkörper abgedreht, und bald kommt auch der Tag, da dieser Anker einem bewährten Wickelmeister zur Herstellung der ersten Trommelwicklung übergeben werden kann. Noch einmal verstreichen zweimal 24 Stunden, dann steht die Dynamomaschine von Hefners zum Angehen fertig auf dem Prüfstand.

Ihr Erfinder hätte seine Schöpfung gern allein geprüft, aber wie das nun einmal so ist – man weiß ja nie, wo Dr. Siemens zu irgendeiner Zeit in seinem großen Betrieb steckt –, unerwartet erscheint er plötzlich, als die Maschine eben läuft. Sie läuft gut und ruhig, denn die Mechaniker haben sich im Laufe der letzten Jahre schon zu recht tüchtigen Maschinenbauern entwickelt, aber vergeblich blickt Werner Siemens auf das Meßinstrument. Dessen Zeiger rückt und rührt sich nicht von der Stelle; die neue Maschine gibt keinen Strom.

Herr von Hefner verliert seine bayrische Ruhe. Er läuft hin und her, rückt an den Kollektorbürsten, verstellt sie, versucht es auf diese und auf jene Weise und hat doch keinen Erfolg. Die Maschine bleibt stromlos. Auf ein Zeichen von Werner Siemens wird die Transmission ausgerückt, der rotierende Anker kommt wieder zur Ruhe.

»Schöbler soll kommen«, sagt Dr. Siemens. Schöbler ist sein alter Laboratoriumsdiener. An dem Ton und an der knappen Form, in der Werner Siemens den Befehl erteilt, ist immer noch der ehemalige Offizier zu erkennen. »Halt, Behrendes!« ruft er einem Mechaniker zu, der sich aufmacht, den Gewünschten zu holen. »Schöbler soll ein Bunsen mitbringen, das grüne Galvanometer und Schaltdraht.«

Der Mechaniker Behrendes trabt los, während Dr. Siemens die Brille auf die Stirn schiebt und sich in die Ankerzeichnung vertieft. Erst folgt er den Linien der Zeichnung mit dem Finger, dann langt er einen kurzen Bleistift aus der Westentasche und macht hier und dort ein Fragezeichen auf der Zeichnung. Dabei legt sich seine Stirn in tiefe Querfalten, und ein paar halblaute Worte, nur dem neben ihm stehenden von Hefner verständlich, kommen von seinen Lippen. »Hier könnte der Kerl sich verschaltet haben ...da auch ...vielleicht auch da...«

Dann erscheint Schöbler, wie immer in einem abgetragenen Arbeitshemd, die Ärmel aufgekrempelt und mit einer vorgebundenen Schürze, deren Säureflecke auf langjährigen Umgang mit Bunsenelementen schließen lassen.

»Prüfschaltung, Schöbler!« befiehlt Dr. Siemens.

Schöbler kennt sein Geschäft. Nach einer knappen Minute reicht er dem Chef die beiden freien Drahtenden der Schaltung. Der beugt sich über die Maschine, tastet den Kollektor mit den Drähten ab, bringt sie bald hier, bald dort an ein paar Lamellen. Immer tiefer werden dabei die Falten auf seiner Stirn, neue dicke Kreuze malt er auf die Ankerzeichnung; endlich richtet er sich auf.

»Total verschaltet! Kein Wunder, daß die Maschine nicht funktioniert! Welcher Schlauberger hat das gekonnt?« Er hört kaum auf den Namen, der ihm genannt wird. Schon überlegt er weiter und wendet sich dann an Herrn von Hefner:

»Geben Sie den Anker an Hoffmann III. Der versteht es, Zeichnungen zu lesen; der soll die Sache in Ordnung bringen.« —

Karl Hoffmann, jetzt noch einfacher Schlosser, in späteren Jahren erfolgreicher Maschinenkonstrukteur und Oberingenieur der Firma, braucht zwei volle Tage, um die Fehlschaltung zu beseitigen. Wieder läuft danach die Maschine, und jetzt leistet sie das Erwartete. Der Fortschritt gegenüber dem Doppel-T-Anker ist unbestreitbar. Werner Siemens schreibt darüber am 12. April nach London:

»Die Maschine von Hefner geht recht gut und bildet sicher einen großen Fortschritt. Sie geht mit weit geringerer Arbeitskraft und ist auch eine bessere elektromagnetische (Arbeits-) Maschine, wie ich je gesehen habe. Doch hat sie noch viele Mucken, die erst abgesehen werden wollen.«

Und am 13. Mai über das gleiche Thema:

»Hefners kleine rotierende Maschine arbeitet sowohl als elektro-magnetische (Arbeits-) wie als elektro-dynamische Maschine ausgezeichnet, obschon noch manches unklar an ihr ist. Besonders wichtig ist, daß theoretisch bei dieser rotierenden oder gleitenden Maschine der Nutzeffekt mit den Dimensionen zu- und nicht wie bei anderen abnimmt. Das kleine Dingelchen gebraucht als elektro-dynamische Maschine etwa ¾ Pferdekraft. Als elektro-magnetische ist sie noch nicht gemessen, doch scheint sie mit 4 Bunsen gut 1/20 Pferdekraft zu geben. Frei rotiert sie so schnell, daß sie einen Ton gibt. Ich glaube, wir werden damit bald das Problem der elektrischen Equipagen aufnehmen können. Vielleicht haben wir eine zum nächsten Jahr fertig, um damit in Wien herumzukutschieren.«

Die Mucken, von denen Werner Siemens hier spricht, sind von verschiedener Art. Es gibt erhebliche Schwierigkeiten mit dem Kollektor, der nun erst 12teilig, bald 24- und schließlich 56teilig als ein neues Konstruktionselement auftritt, für das die beste Ausführungsform erst entwickelt werden muß. Vor allen Dingen aber zeigt auch die Hefner-Dynamo die gleiche auf die Dauer unerträgliche Erhitzung des Ankereisens wie der alte Induktor. Aus heute unerfindlichen Gründen hat man sich immer noch nicht zu einer radikalen Unterteilung des Ankereisens entschlossen, die allein Abhilfe schaffen kann. Nach wie vor müssen die Dynamomaschinen während des Betriebes mit Wasser gekühlt werden.

In dieser kritischen Situation versucht es Herr von Hefner mit einem Trick, der seine Fähigkeit als Konstrukteur zwar in ein glänzendes Licht stellt, aber für die folgerichtige Entwicklung doch einen Umweg und daher letzten Endes einen unnötigen Aufenthalt bedeutet. Er stellt auch das zylindrische Ankereisen fest und läßt nur die Ankerwicklung, die auf einen Hohlzylinder aus dünnem Neusilberblech aufgebracht wird, rotieren.

Mit einem Schlage ist danach die Erhitzung des Ankereisens verschwunden. Diese neue Maschine scheint das Ideal zu sein und erregt auf der Wiener Ausstellung des Jahres 1873 allgemeines Aufsehen. Von Hefner selbst berichtet darüber an Siemens Brothers in London:

»Unsere neueste Einrichtung besteht aus einer großen Maschine mit alleinrotierenden Drähten. Dieselbe gibt bei 380 Touren der Drähte pro Minute und bei einem Verbrauch von 9 bis 10 Pferden an Licht 14 000 Normalkerzen und bedarf bei dieser Stromstärke, respektive Tourenzahl noch keiner künstlichen Kühlung mit Wasser...

Die Vorteile der neuen Maschine vor der kombinierten Maschine resümieren also in bedeutend stärkerer Wirkung (14 000 gegen 1800 NK), besserer Ausnützung der Betriebskraft (1400 gegen 300 NK pro Pferdekraft), geringerer Tourenzahl (380 gegen 600, respektive 1600), Wegfall der lästigen Wasserkühlung, endlich Anwendung nur einer einzigen Maschine...« –

Die alte in der Markgrafenstraße damals oft gehörte Redensart »Bei Gott und den Mechanikern ist kein Ding unmöglich« scheint sich bei der Dynamo mit feststehendem Ankereisen wieder einmal bewahrheitet zu haben. Aber es ist eben Mechaniker- und nicht Maschinenbauerarbeit. Wenn man wirklich widerstandsfähige, allen Beanspruchungen einer oft rauhen Praxis gewachsene Maschinen haben will, so müssen Ankereisen und Ankerwicklung unbedingt ein kompaktes Ganzes bilden und daher auch gemeinsam rotieren. Unaufhaltsam bricht sich diese Erkenntnis Bahn, und im Jahre 1874 zieht man die Konsequenzen daraus.

Eine für galvanoplastische Zwecke gebaute Dynamo erhält einen Anker, der nicht mehr aus massivem Eisen besteht. Der zylindrische Ankerkörper ist aus verhältnismäßig dünnem, um die Maschinenachse gewickeltem Eisendraht hergestellt. Der Erfolg ist unverkennbar; die Erhitzung verschwindet bis auf einen Bruchteil der bisher immer beobachteten Stärke. Daß sie überhaupt noch in fühlbarem Maße auftritt, ist auf die fehlende Isolierung der Eisendrähte gegeneinander zurückzuführen, infolge deren immer noch Induktionsströme, wenn auch stark geschwächt, in dem Ankerkörper verlaufen können. Der neue Weg aber ist damit endlich eingeschlagen und wird nun zielbewußt weiter beschritten. Schon im Jahre 1875 geht man dazu über, den zylindrischen Ankerkörper aus einzelnen kreisförmigen Eisenblechscheiben aufzubauen, die auf einer Seite mit Papier beklebt und dadurch sicher voneinander isoliert sind. Im Laufe von neun Jahren ist aus jenem physikalischen Apparat, den Dr. Siemens im Dezember 1866 einem Freundeskreis vorführte, wirklich eine Stromerzeugermaschine geworden, auf der sich eine neue Technik, die Starkstromtechnik, gründen wird. Das »Dynamokonto« der Firma, im Januar 1867 angelegt und bisher immer noch passiv, wird nun bald aktiv werden.

Elektrisches Licht

Licht, Kraft, Verkehr und Chemie werden die vier großen Arbeitsgebiete für die dynamo-elektrische Maschine sein. Das hat ihr Erfinder sehr früh erkannt, und schon während jenes ersten Jahrzehnts, das von dem ersten Versuchsapparat bis zu der Maschine mit Trommelanker und unterteiltem Ankereisen führt, wiederholt und deutlich ausgesprochen.

Das Augenfälligste und daher Nächstliegende ist das Licht. Beleuchtungsversuche, vornehmlich für militärische Zwecke, füllen daher die sechziger Jahre aus, doch nun ist die Zeit gekommen, das elektrische Bogenlicht auch in zivilen Betrieben einzuführen. Ein ausgesprochenes Starklicht ist der glänzende elektrische Lichtbogen, und für die Beleuchtung großer Räume und Räumlichkeiten erscheint er deshalb besonders geeignet. Bahnhöfe, Ausstellungshallen und große Straßenzüge kommen daher als besonders lockende Objekte zunächst in Frage.

Doch wenn man das will, muß man auch eine brauchbare elektrische Bogenlampe haben; eine Lampe, die sich selbständig und zuverlässig regelt, bei der es also nicht mehr notwendig ist, neben jede Lichtquelle einen Mann zur ständigen Bedienung hinzustellen.

Zu Beginn der siebziger Jahre erkennt Werner Siemens auch diese Notwendigkeit. 1873 ersinnt er eine auf dem Differentialprinzip beruhende Regulierung und bespricht sie mit dem bewährten Konstrukteur von Hefner. Zwei Spulen, die eine vom Haupt- oder Lampenstrom, die andere von einem Nebenschlußstrom duchflossen, sollen den Vorschub der Kohlestifte so beeinflussen, daß ihre Spitzen stets in richtigem Abstand voneinander bleiben und der Bogen ruhig und stetig brennt. Doch von der erfinderischen Idee bis zur betriebsreifen Konstruktion ist es ein langer Weg. Erst fünf Jahre später werden die ersten Differentiallampen wirklich brennen und den Siegeszug des elektrischen Bogenlichts einleiten.

Vorher gibt es noch einmal einen technischen Umweg, wie ihn etwa ähnlich das feststehende Ankereisen für die Dynamomaschine bedeutete. Der russische Ingenieur Jablochkoff ist auf der Londoner Ausstellung des Jahres 1876 mit einer »elektrischen Kerze« aufgetreten, die ohne jeden Reguliermechanismus brennt. Er hat das durch einen überraschenden Trick erreicht. Seine Kerze besteht aus zwei runden Kohlestäben von etwa 7 Millimeter Stärke und 25 Zentimeter Länge, die parallel nebeneinander stehen und durch eine Zwischenschicht von Kaolin über ihre ganze Länge im richtigen Lichtbogenabstand voneinandergehalten werden. Fast lächerlich einfach erscheint das Ganze, aber das Ding funktioniert gut und jedenfalls besser als alle bisher bekannten Bogenlampen mit einem Regelwerk. Sobald sich zwischen den Spitzen der beiden Kohlestäbe durch Wegbrennen eines dort aufgeklebten Kohlesplitterchens einmal ein Lichtbogen gebildet hat, brennt er stetig weiter; langsam verzehren sich dabei die Kohlestifte, während das Kaolin zwischen ihnen schmilzt und verdampft. Sehr treffend kommt die Erfindung daher als Jablochkoff-Kerze auf den Markt, denn wie eine Wachskerze brennt sie langsam in anderthalb Stunden ab.

Zwei schwache Stellen hat diese Kerze allerdings. Sie kann nur mit Wechselstrom betrieben werden, denn bei Gleichstrom würde die eine Kohle viel schneller abbrennen als die andere. Und sie entzündet sich nicht wieder von selbst, wenn sie – etwa durch Ausbleiben des Stromes – einmal erloschen ist. Trotzdem erscheinen ihre Vorzüge so groß, daß Siemens u. Halske eine Lizenz auf die Erfindung nehmen und alle ihre Beleuchtungsanlagen bis zum Jahre 1879 mit Jablochkoff-Kerzen ausführen.

Nach ausgiebigen Versuchen in der Markgrafenstraße faßt man im Spätsommer des Jahres 1878 den Entschluß, die Bogenlichtbeleuchtung in Berlin der Öffentlichkeit vorzuführen. Einen geeigneten Anlaß gibt der Sedantag, und als Ort wird das neue Rathaus gewählt. Schon drei Tage vorher wird mit den Vorbereitungen begonnen.

Auf dem großen, vor dem Rathaus in der Königstraße befindlichen Kandelaber werden zwölf Laternen mit je vier Jablochkoff-Kerzen angebracht. Die Kerzen einer Laterne sollen nacheinander eingeschaltet werden, so daß man auf eine Gesamtbrenndauer von sechs Stunden kommen kann. Die Umschalter dafür werden auf dem Balkon des Rathauses placiert. Auf die obere Plattform des Rathausturmes kommen vier starke Regelwerklampen mit Fresnel-Linsen. In den Hof des Rathauses werden drei Lokomobilen mit den zugehörigen Dynamos gefahren, eine für die Kandelaberkerzen und zwei für die Turmscheinwerfer.

Bis dahin ist alles relativ einfach, aber nun beginnen schon die Schwierigkeiten. Es gibt ja noch keine besonderen Starkstromleitungen, und wohl oder übel muß man die für Telegraphenkabel gebräuchliche, mit einem Guttaperchamantel versehene Kupferlitze verwenden. Guttapercha ist zwar in der Kälte ein vorzüglicher Isolierstoff, aber wenn die Temperatur merklich über Zimmertemperatur steigt, wird der Stoff flüssig und läuft davon.

Der 23jährige Monteur Hermann Meyer, dem die Installation übertragen ist, kennt trotz seiner Jugend die Tücken elektrischer Objekte recht gut und trifft danach seine Vorkehrungen. Zwei Schlosser, ein Tischler und vier Saaldiener stehen ihm für seine Arbeit zur Verfügung, und er weiß seine Hilfstruppen richtig einzusetzen. Hunderte kleiner Holzplatten muß der Tischler zurechtschneiden, die von den Schlossern mit eisernen Krampen an den Wänden des Rathauses befestigt werden. Ein kurzer Nagel kommt danach in das isolierende Holz jeder Platte, und an den Nägeln wird die Leitung mit Bindfaden festgemacht. So sind Erdschluß, Kurzschluß und ähnliche Teufeleien mit ziemlicher Sicherheit unterbunden.

Ein heikler Punkt bleibt noch der richtige Lauf der Dampfmaschinen. Laufen sie zu schnell, dann flackert das Bogenlicht, laufen sie zu langsam, geht es aus.

»Wir haben doch die schönen Zentrifugalregulatoren an den Dampfmaschinen«, sagt der Maschinist Schmidt.

»Unsinn!« fällt ihm der Monteur Meyer ins Wort. »Das sind Ausstattungsstücke! Bloß da, um wissenschaftlich auszusehen. Nützen tun sie 'nen Dreck was. Machen die Maschinen bloß besoffen!«

Und dann bindet Hermann Meyer mit Draht eine einen Meter lange Eisenstange an das Rad des Dampfventils und unterweist Schmidt, wie er mit diesem langen Hebel den Dampfzufluß zu regulieren hat.

»Immer so, Schmidt, daß der Zeiger des Elektrodynamometers zwischen 50 und 60 spielt. Ja nicht unter 50, sonst gehen die Kerzen aus, und dann soll Sie der Teufel holen.« –

Der Abend des 2. September bricht an. Meyer hat seine Wachen wie ein Feldherr verteilt. Eine auf dem Turm bei den Scheinwerfern, eine bei den Umschaltern auf dem Balkon. Alle Maschinen laufen, und auf ein Signal von ihm wird eingeschaltet. Die Kerzen in dem Kandelaber erstrahlen in voller Pracht, die Scheinwerfer vom Turm werfen ihre Lichtbalken weithin, und das tausendköpfige Publikum ist ebenso begeistert wie 35 Jahre vorher die Pariser auf der Place de la Concorde. Monteur Meyer steht neben den Elektrodynamometern und beobachtet die Zeiger. Dreiviertel Stunden hindurch geht alles gut, da, plötzlich beginnt der Zeiger des einen Instrumentes hin und her zu tanzen. Immer größer werden seine Ausschläge, er springt bis unter die 50, und sechs Kerzen im Kandelaber erlöschen. Die Wache auf dem Balkon sieht es und schaltet schleunigst um. Schon eine Minute später flammen die sechs Kerzen des nächsten Satzes auf; das Publikum hat den Vorfall kaum bemerkt. Doch schon nach kurzer Zeit wiederholt sich der Spuk ein zweites und bald danach ein drittes Mal. Sämtliche Kerzen von sechs Laternen fallen damit aus. Eine halbe Stunde später zeigt das Elektrodynamometer des zweiten Laternensatzes die gleichen Mucken, und bald ist auch der erledigt. Sämtliche elektrischen Laternen des Kandelabers bleiben dunkel.

Der Berliner ist von Natur wissensdurstig, um nicht zu sagen neugierig. Sobald Hermann Meyer sich in der Nähe des Kandelabers sehen läßt, wird er mit Fragen bestürmt, warum die Illumination schon zu Ende ist.

»Ja, meine Herren«, zieht er sich mit einer Ausrede aus der Affäre, »die Kerzen brennen nur so lange. Diese Brennzeit war von uns auch nur vorgesehen, um den Unterschied zwischen elektrischer und Gasbeleuchtung zu zeigen.«

»Na, wenn det man stimmt, Männeken!« meint zwar ein besonders skeptisch Veranlagter, aber die Allgemeinheit gibt sich mit dieser Erklärung zufrieden; um so mehr, als die Scheinwerfer vom Turm nach wie vor ihre Lichtbündel aussenden.

Auf die richtet sich jetzt die ganze Sorge des Monteurs und seiner Leute, und hier geht alles gut. Die Scheinwerfer brennen bis zum festgesetzten Schluß zufriedenstellend. So ganz nebenher zeigt die Bogenlampe mit Regelwerk und übereinanderstehenden Kohlen bei dieser Gelegenheit schon ihre Überlegenheit über die Jablochkoff-Kerze. –

Die Schuster brauchen nicht unbedingt die schlechtesten Stiefel zu haben, und eine Firma, die elektrisches Licht macht, braucht nicht zwei Gaslampen vor ihrem Tor zu haben. Das sagt man sich in der Markgrafenstraße 94, und so werden dort noch im Herbst 1878 zwei Laternen mit Jablochkoff-Kerzen vor das Haus gestellt, und diese Lampen brennen nun wirklich täglich regelmäßig vom Beginn der Dunkelheit bis um 8 Uhr abends, denn hier sitzt man ja an der Quelle, hat alle Hilfsmittel bei der Hand und kann Störungen, wenn sie doch einmal auftreten, schnellstens beseitigen. Zwar muß auch hier noch bei der Lokomobile auf dem Fabrikhof ein Maschinist dauernd neben dem Dampfventil stehen und es mit einem angefügten langen Hebel ständig regulieren; auch hier muß ein Elektriker fortwährend das Elektrodynamometer beobachten, aber draußen auf der Straße brennen die beiden elektrischen Lampen, und schnell spricht sich das in Berlin herum.

»Kinder«, sagt Frau Schultze, deren Mann ganz weit draußen vor dem Potsdamer Tor in der Lützowstraße einen Weißbiergarten mit zwei Kegelbahnen hat, zu ihren Gören, »heut’ abend wollen wir mal nach Berlin rein machen und das elektrische Licht ansehen.«

Bei Einbruch der Dämmerung machen sie sich wie zu einer Landpartie, mit Stullenpaketen ausgerüstet, auf den langen Weg. An den Gärten und vereinzelten Landhäusern der Lützowstraße vorbei geht es bis zur Potsdamer Straße, wo es schon etwas städtisch wird. Hier brennen wenigstens schon Gaslaternen. Das Straßenpflaster ist freilich noch herz- und stiefelzerreißend, und die breiten Rinnsteine zu beiden Seiten zeigen, daß die städtische Kanalisation bis in diese Gegend noch nicht vorgedrungen ist. Erst hinter dem Leipziger Platz wird die eigentliche Stadt und bald auch die Markgrafenstraße erreicht. Erwartungsvoll spähen aller Augen den langen Straßenzug hinunter.

»Seht Ihr, da hinten, Kinder«, redet Frau Schultze plötzlich auf ihre Sprößlinge ein, als man die Kochstraße überquert hat, »das Glänzende da hinten, das muß es sein!«

In der Tat leuchtet dort, noch ein weites Stück vor ihnen, etwas hell auf. Viel heller als die Gaslaternen, bei deren trübem Schein sie jetzt schneller vorwärts streben. Bei jedem Schritt, den sie tun, wird es heller.

»Sieh mal, Mutter!« ruft plötzlich Frau Schultzes Ältester und bleibt stehen.

»Was hasde denn schon wieder, Bengel?«

»Mutter, jetzt habe ich zwei Schatten. Einen gelben und einen blauen.«

»Quatsch«, sagt Frau Schultze, verhält aber doch den Schritt und muß im gleichen Augenblick erkennen, daß es ihnen allen ebenso geht wie ihrem Jungen. Von der nahen Gaslaterne her werfen sie einen Schatten, der bläulich gefärbt ist, von den noch ziemlich weit entfernten elektrischen Lampen her einen anderen von gelblicher Tönung.

»Unbegreiflich!« brummt Frau Schultze vor sich hin und geht weiter, denn endlich will sie doch das neue Licht aus nächster Nähe bewundern. Aber das ist nicht so ganz einfach. Sie ist nicht die einzige, die zu diesem Zweck hierhergekommen ist, auch viele andere haben den gleichen Gedanken gehabt, und dicht staut sich die Menge vor den beiden Laternen. In diesen Herbsttagen sind sie eine Sehenswürdigkeit für Berlin, diese beiden schlichten Laternen vor einer Hauswand, an der es sonst nichts zu sehen gibt. Aber sie bleiben nicht lange die einzigen ihrer Art.

Wer erst einmal draußen vor dem Schaufenster stehenbleibt, der geht vielleicht auch in den Laden und kauft etwas, sagen sich unternehmende Geschäftsleute, und bestellen sich elektrische Beleuchtung. Noch im Oktober 1878 werden Jablochkoff-Laternen in dem Geschäftshaus von Julius Michaelis in der Leipziger Straße und in dem Laden der Singer-Nähmaschinenfabrik installiert. Ihnen folgt noch im gleichen Jahr die Färberei von W. Spindler in der Wallstraße, die sich noch einen besonderen Vorteil von dem Umstand verspricht, daß die Farbnuancen beim elektrischen Bogenlicht fast wie beim Tageslicht erscheinen, während sie bei Gasbeleuchtung stark verzerrt werden. Für alle diese Anlagen benutzt man nicht mehr Lokomobilen, sondern den damals neu aufgenommenen vervollkommneten Gasmotor, der gewöhnlich im Keller des betreffenden Hauses aufgestellt wird.

Die Sache ist noch reichlich umständlich, denn auch die Gasmotoren haben noch ihre Mucken. Ab und zu gibt es Nachzündungen im Austrittsrohr, die sich durch einen kanonenschußartigen Knall bemerkbar machen, so daß alle in der Nähe befindlichen Personen davonlaufen. Auch sonst ist das Motorgeräusch nicht unerheblich, aber das alles nimmt man gern mit in den Kauf, um nur das neue Licht zu haben.

Die Jablochkoff-Kerze ist brauchbar, aber die von Werner Siemens und Friedrich von Hefner gemeinsam entwickelte Differentialbogenlampe verspricht noch viel besser zu werden. Einzeln von einer Dynamomaschine gespeist, funktioniert sie bereits tadellos, nur das Zusammenschalten mehrerer Lampen an eine Maschine will vorläufig immer noch nicht klappen, obwohl man im Versuchssaal in der Markgrafenstraße nun schon seit bald vier Jahren daran arbeitet. Immer noch beeinflussen sich zwei in dem Stromkreis liegende Lampen in der Weise gegenseitig, daß bei der einen die Kohlen zusammenlaufen, während die andere einen übermäßig langen Lichtbogen zeigt. Die »Teilung des Lichts« wird in dieser Zeit ein Schlagwort in der jungen Elektrotechnik. Im Versuchssaal der Markgrafenstraße aber, wo man immer noch experimentiert, spricht das alte Versuchsfaktotum Rambow die denkwürdigen Worte: »Een richtiger Jas wird det im janzen Leben nich.«

Die weitere Entwicklung straft diesen Ausspruch jedoch Lügen. Um die Jahreswende auf 1880 gelingt es, die Differentiallampe hintereinander und auch in mehreren Stromkreisen nebeneinander von einer einzigen Dynamomaschine sicher zu betreiben, und damit ist ein ungeheurer Fortschritt erreicht. Die Dynamomaschinen können jetzt viel größer gebaut werden. Von zehnpferdigen kommt man schnell zu 50-, zu 100- und im Jahre 1883 sogar zu einer 150pferdigen Maschine, die für dies Jahr den Rekord bedeutet. Der ganze Betrieb wird dadurch viel einfacher und wirtschaftlicher. Braucht man doch jetzt nicht mehr für jeden einzelnen Laden eine besondere Maschine hinzustellen, sondern kann schon daran denken, die Beleuchtungsanlagen eines ganzen Häuserblocks von einer einzigen Maschinenstation aus zu versorgen. Die Möglichkeit der »Blockzentrale« ist damit gegeben, und nun melden sich auch die Behörden und die Kommunen.

Die erste Gelegenheit, die Differentiallampe in regelrechtem Betriebe zu verwenden, bietet die Beleuchtung der Kaiserpassage zwischen den Linden und der Behrenstraße in Berlin aus Anlaß der Berliner Gewerbeausstellung 1879. In einem gerade leerstehenden Laden wird ein 12pferdiger Gasmotor aufgestellt. Die von ihm getriebene Dynamo speist 12 Lampen, die über die ganze Länge der Passage gleichmäßig verteilt aufgehängt werden. Zu Pfingsten 1879 brennen die Lampen das erstemal, und in Massen strömt das Publikum dorthin, denn eine elektrische Beleuchtung von solchen Ausmaßen hat Berlin noch nicht gesehen.

Doch bald kann man das neue Licht auch an anderen Stellen bewundern, denn 1880 erhalten der Schlesische und der neue Anhalter Bahnhof ebenfalls Beleuchtungen durch Differentiallampen. Ein neuer Beruf entsteht damit, der »Lampist«, der die Kohlestifte auszuwechseln und die großen Milchglasglocken zu reinigen hat. Verwundert sieht das reisende Publikum einen Mann mit klappernden Sandalen auf den Bahnsteigen umherlaufen. Er trägt Brettchen mit untergeschraubten Porzellanrollen an den Füßen, um sich gegen den Erdboden zu isolieren und auf diese Weise elektrische Schläge zu vermeiden. Einige Jahre später macht man die Entdeckung, daß ein paar Gummischuhe dem gleichen Zweck ebensogut und wesentlich unauffälliger dienen können.

Auch der Reichstag will nun in seinem Gebäude in der Leipziger Straße Bogenlicht haben, und hier gibt es zunächst allerlei Beanstandungen. Erst will es mit den Gasmotoren nicht recht klappen. Ihre Schwungräder sind zu leicht, und jeder Kolbenhub ruft ein merkliches Schwanken der Helligkeit hervor. Die Motorenfabrik sucht sich vor Regreßansprüchen durch die Behauptung zu schützen, daß die Dynamos »unegalen Strom« liefern. Um Weiterungen zu vermeiden, bringen Siemens u. Halske selbst Schwungräder mit schwereren Kränzen an den Gasmotoren an, wonach die Anlage einwandfrei arbeitet. Doch nun kommen die Herren Parlamentarier mit dem alten Vorurteil, daß durch das elektrische Licht Augenkrankheiten entstehen könnten. Wochen hindurch müssen die Ingenieure von Siemens u. Halske fast täglich »Lichtsitzungen« im Reichstagsgebäude abhalten, um die Lampen zu beobachten und etwaige Beschwerden entgegenzunehmen, bis es endlich gelingt, die aufgeregten Gemüter zu beruhigen.

Von dem damaligen Stand – um nicht zu sagen Tiefstand – physikalischer Kenntnisse auch in gebildeten Kreisen zeugt ein Vorfall im Reichstagsgebäude, über den Hermann Meyer in seinem Buch »Fünfzig Jahre bei Siemens« berichtet:

»Ein Angestellter wollte einigen Herren erklären, wie die Lampen arbeiten. Zu diesem Zwecke hatte er eine von den Laternen heruntergelassen, die an den Aufziehvorrichtungen hingen. Dabei muß er unvorsichtig gewesen sein. Er hatte bei geöffnetem Stromkreis beide Pole berührt und fiel infolge des Schlages zu Boden. Einer der umstehenden Herren machte den Vorschlag, den in den Körper eingedrungenen Strom unschädlich in die Erde abzuleiten. Der Verunglückte wurde sofort in den Garten geschafft, wo beide Hände in den Erdboden gesteckt wurden. Dort lag der »Elektrisierte«, bis er sich erholt hatte. Nach Ansicht einiger Zuschauer soll das Verfahren geholfen haben.«

Im Jahre 1882 wird das elektrische Bogenlicht auch hoffähig. Auf Wunsch des alten Kaisers wird der Weiße Saal im Schloß während eines Balles durch zwei Differentiallampen von 20 Ampere Stromstärke erleuchtet. Mit ungefähr 3500 Kerzenstärken ist das eine Beleuchtung, welche die sonst üblichen Wachskerzen weit überstrahlt und berechtigte Bewunderung erregt. Während der sechs Stunden, die der Ball dauert, verläuft auch alles zu voller Zufriedenheit. Als die Gäste dann aber zu ihren Equipagen gehen, liegt der Schloßhof, auf dem man ebenfalls einige Bogenlampen aufgestellt hat, in tiefer Dunkelheit. Die Kohlestifte dieser Lampen sind inzwischen abgebrannt, und die unglücklichen Monteure müssen einige von höchster Stelle ausgegangene Worte in Empfang nehmen, die sich auf dem Instanzenweg immer »herzlicher« gestaltet haben. Das hindert aber nicht, daß auch in den folgenden Jahren für Hoffestlichkeiten immer wieder solche improvisierten Lichtmontagen gemacht werden, bis das Schloß nach dem Regierungsantritt von Wilhelm II. endlich eine ständige Anlage bekommt.

Im September 1882 erhält auch die Stadt Berlin eine erste elektrische Straßenbeleuchtung mit Differentialbogenlampen. In der Leipziger Straße, von der Friedrichstraße bis zum Potsdamer Tor, sowie auf dem Potsdamer Platz werden 36 Kandelaber mit je einer sechskantigen Laterne mit Mattglasscheiben aufgestellt. Die Maschinenanlage für diese Lichtquellen findet ihren Platz auf einem Grundstück an der Ecke der Wilhelm- und Prinz-Albrecht-Straße. Dort werden vier zwölfpferdige Gasmotoren untergebracht; die Stromzuführung zu den Lampen erfolgt durch unter den Bürgersteigen verlegte Bleikabel.

Obwohl man die Lampen auf das sorgfältigste im Versuchssaal in der Markgrafenstraße ausprobiert hat, gibt es nach der Inbetriebsetzung der Anlage doch Anstände der verschiedensten Art. Maschinen und Lampen zeigen jetzt erst ihre Mucken. Die Lampen einzelner Stromkreise erlöschen plötzlich ohne erkennbare äußere Ursache, um erst nach einigen Sekunden wieder von selbst zu brennen, und auf der Maschinenstation gibt es an dem Kollektor der zugehörigen Maschine dann jedesmal ein kräftiges Bürstenfeuer.

Die Berliner, die in hellen Haufen erschienen sind, amüsieren sich über die verschiedentlichen Beleuchtungseffekte, die dabei zustande kommen, aber die Herren Siemens und von Hefner stehen sorgenvoll an der Ecke der Leipziger und Wilhelmstraße und fassen die Sache gar nicht heiter auf; denn schon ist ein hoher Magistrat der Reichshauptstadt ungeduldig geworden und verlangt entweder Abstellung dieser Mißstände oder Fortnahme der ganzen Anlage. Herr von Hefner hat nur wenig Hoffnung, daß eine Besserung des Lichtes in kurzer Zeit zu erwarten ist, und schlägt vor, die Anlage sofort wieder abzumontieren. Werner Siemens will noch einen letzten Versuch machen, und dieser Versuch – es werden kleine Änderungen an den Flüssigkeitsbremsen der Differentiallampen vorgenommen – führt zum Erfolg. Schon am nächsten Abend brennen die Bogenlampen zufriedenstellend, und nun ist keine Rede mehr davon, die Anlage abzubrechen. Sie ist von der Maschinenstation in der Prinz-Albrecht-Straße aus betrieben worden, bis sie dann später an das Netz der städtischen Elektrizitätswerke angeschlossen wurde. –

Während das elektrische Bogenlicht so Schritt für Schritt Boden gewinnt und auch in Theatern und in den Ateliers der Photographen heimisch wird, ist schon im Jahre 1881 auf der Internationalen Elektrizitätsausstellung zu Paris etwas ganz Neues aufgetreten. Dort hat Thomas Alva Edison zum erstenmal das elektrische Glühlicht vorgeführt. In langwieriger Arbeit ist es dem Amerikaner gelungen, aus verkohlter Bambusfaser einen stromleitenden feinen Kohlefaden herzustellen, der in einer luftleer gepumpten Glasbirne mit einem milden, gelblichen Licht leuchtet. Die Bogenlampe ist eine ausgesprochene Starklichtlampe; auch ihre kleinsten Typen geben immer noch 180 Kerzenstärken. Die neue Glühlampe ist dagegen ein Kleinlicht; sie gibt nur 16 Kerzenstärken, ziemlich genau ebensoviel wie der allgemein übliche Gasschnittbrenner, dem sie auch in der Lichtfarbe ähnelt. Die Teilung des Lichtes ist mit ihr vollkommen gelöst; man kann beliebig viele Glühlampen von einer Maschine speisen und jede einzelne ein- und ausschalten, ohne die anderen zu stören.

Trotz dieser zweifellosen Vorzüge ist die erste Beurteilung dieses neuen Lichtes aber durchaus nicht günstig. Das Publikum, durch das glänzende Bogenlicht verwöhnt, kann in der Glühlampe keinen Fortschritt gegenüber dem alten Gasschnittbrenner entdecken. Im Festsaal der Pariser Ausstellung hält ein namhafter Techniker einen wissenschaftlichen Vortrag, in dem er die Edisonsche Erfindung mit Ironie abtut und mit den Worten schließt: »Meine Herren, wir haben hier in Paris zum erstenmal eine schlechte elektrische Beleuchtung gesehen. Wir wollen hoffen, daß sie hier auch zum letztenmal in Betrieb gewesen ist.«

Die Entwicklung ist über diese anfänglichen absprechenden Urteile schnell hinweggegangen, und von Paris aus beginnt die Edisonsche Kohlefadenglühlampe im Jahre 1881 ihren Siegeszug in Europa. Im Jahre darauf wird in Berlin eine Studiengesellschaft für die praktische Anwendung dieser Lampe begründet, und schon zwei Jahre später entsteht daraus die Deutsche Edison-Gesellschaft, die nach abermals zwei Jahren als Allgemeine Elektrizitäts-Gesellschaft firmieren wird.

Schon der Studiengesellschaft gelingt es, die Bühnenbeleuchtung großer Theater zuerst in München und gleich darauf auch in Berlin mit elektrischem Glühlicht einzurichten. Ist doch die neue Lampe gerade für die Bühne wertvoll, weil sie gegenüber dem bisher verwandten Gas durchaus feuersicher ist und außerdem durch die Regelung der Lichtstärke und die Verwendung verschiedenartig gefärbter Lampen gestattet, theatralische Beleuchtungseffekte hervorzubringen, die bisher unerreichbar waren.

Während die Studiengesellschaft in der Zeit ihres Bestehens nur Blockzentralen errichtet, begründet die Deutsche Edison-Gesellschaft bereits 1884 die Berliner Elektrizitätswerke, schließt einen 30jährigen Vertrag mit der Stadt Berlin, der ihr die Benutzung der Straßen für Kabellegungen freigibt, und beginnt mit der Errichtung von Zentralstationen, welche die Versorgung ganzer Stadtviertel mit elektrischem Lichtstrom übernehmen.

Nicht mehr in bescheidenen Kellerräumen, sondern in eigenen Gebäuden sind diese Elektrizitätswerke untergebracht, und auch die Dynamomaschinen erfahren dabei eine grundlegende Wandlung. Bald sind es nicht mehr kleine Schnelläufer mit 25 oder 50 Pferdestärken, die durch Riemen angetrieben werden, sondern große, langsam laufende Aggregate von 500 und mehr Pferdestärken, welche direkt mit den Dampfmaschinen gekuppelt werden.

Wie ein Märchen aus alter Zeit klingt jetzt die Erinnerung an jene ersten wassergekühlten Dynamomaschinen aus den sechziger und siebziger Jahren. Als gut durchkonstruierte Maschine ist die Dynamomaschine neben die Dampfmaschine getreten, und vereinigt mit ihr führt sie das Zeitalter einer völlig neuen Energiewirtschaft herauf.

Elektrische Kraft

Mit der Kraftversorgung sieht es in den siebziger Jahren noch so aus: Jedes Industrieunternehmen stellt neben die Fabrikgebäude ein Kessel- und Maschinenhaus, in dem eine Dampfmaschine läuft. Vom Schwungrad der Dampfmaschine führt ein Riementrieb zu einer eisernen Transmissionswelle, die, in kurzen Abständen gelagert, vom Maschinenhaus zum Fabrikgebäude geht, oft hundert und mehr Meter lang ist, und von der nun wieder viele Dutzende von Riementrieben zu den einzelnen Werkzeugmaschinen führen.

Jeder Fabriksaal wird auf diese Weise von einem wahren Riemenwald erfüllt und verdunkelt. Die Anlage macht reichlich Lärm, verzehrt einen nicht unbeträchtlichen Teil der von der Dampfmaschine abgegebenen Energie und ist auch nicht ungefährlich, denn öfter als einmal wird ein Arbeiter vom Riemen gefaßt und kommt zu Tode. Aber man kennt kein besseres Mittel als diese mechanische Kraftübertragung durch Transmissionen, und ist froh, daß man sie überhaupt hat. In Kleinbetrieben, die sich keine Dampfmaschine leisten können, muß man darauf verzichten. Dort muß jede Drehbank oder Bohrmaschine nach Urväterweise noch mühselig durch Menschenkraft betrieben werden. –

Die Erfindung der Dynamomaschine schafft hier Wandel; sie gibt die Möglichkeit einer elektrischen Energieübertragung, die sich der mechanischen Transmission bald in jeder Beziehung überlegen zeigen wird. Schon in den sechziger Jahren hat Werner Siemens wiederholt auf diese Möglichkeit hingewiesen. Mehrfach betont er in Briefen und Vorträgen, daß jede Dynamo auch ein mit gutem Wirkungsgrad arbeitender Elektromotor ist, wenn man ihm Strom zuleitet. Sobald in der Dynamo mit Trommelanker und unterteiltem Ankereisen ein vollkommener Stromerzeuger zur Verfügung steht, beginnen daher in der Markgrafenstraße auch die Versuche mit der elektrischen Kraftübertragung, und am 14. Juni 1877 schreibt Werner darüber an seinen Bruder Karl nach London:

»Heute war das Bergministerium hier; zu unserer eigenen Überraschung fanden wir gestern schon, daß unsere dynamo-elektrische Maschine ein ganz famoses Kraftübertragungsmittel ist. Ich hatte das zwar schon in meiner ersten Mitteilung an die Akademie über dynamo-elektrische Maschinen als wahrscheinlich angegeben, aber hatte es bisher nicht messend untersucht. Wir ließen die permanent hier aufgestellte mittlere Maschine eine auf der Lokomobile aufgestellte große Maschine treiben, bei ungeheizter Dampfmaschine. Die Maschine drehte die Dampfmaschine schnell um und komprimierte Luft in derselben bis zu einer Atmosphäre. Wenn sie dann stillstand, rutschte der Riemen. Mit dem Pronyschen Zaum gemessen, erhielten wir 1,82 Pferdekräfte ...Damit ist ein neues, weites Feld für unsere Tätigkeit eröffnet. Krug von Nidda hat schon eine Doppelmaschine so gut wie fest bestellt, welche fünf Pferdekräfte übertragen soll. Er meint, seine Luftbohrmaschine erhielte nur 25 v. H. nutzbare Kraft und 75 v. H. gingen verloren. Es gibt unzählige Anwendungen, wo Kraftübertragung ohne Wellenleitung selbst bei großen Opfern erwünscht ist.«

Und schon am 7. Juli wieder:

»Ihr solltet doch auch die Kraftübertragung durch dynamo-elektrische Maschinen mehr ins Auge fassen. Ich halte die Sache für sehr wichtig. Wir betreiben die Sache in unserer eigenen Fabrik schon praktisch und werden wohl nächstens Kontrakte mit Nachbarn auf Kraftvermietung abschließen. Ihr könnt jede vorhandene Lichtmaschine dazu benutzen ...Es werden 50 bis 80 v. H., je nach der Geschwindigkeit, übertragen ...Wir nehmen nicht Anstand, Kraftübertragungen auf beliebige Höhe – sechs Pferdekräfte und mehr – zu übernehmen. Besonders für entfernt liegende schnelle Rotationsmaschinen, wie Ventilatoren, Zentrifugen usw., wird die Sache wichtig werden.«

Noch im gleichen Jahre entschließt sich die Königl. Pulverfabrik in Spandau, eine elektrische Kraftübertragung zu bestellen. In einem Schreiben der dortigen Direktion an Siemens u. Halske vom 14. Januar 1878 heißt es darüber:

»Die von Ihnen zum Versuch bereitgestellten elektromagnetischen Induktionsapparate zur Erzielung einer elektrischen Transmission befinden sich seit drei Wochen in ununterbrochenem Betrieb und haben zu keinen Ausstellungen Veranlassung gegeben. Bei einer Messung der Kraft, welche augenblicklich durch die Apparate übertragen wird, ist unter Anwendung eines Pronyschen Zaums eine Stärke von 2,7 Pferdekräften ermittelt worden...«

Nach diesen erfolgverheißenden Anfängen wird es jedoch wieder längere Zeit über die elektrische Kraftübertragung still, denn das elektrische Licht nimmt alle verfügbaren Maschinen in Anspruch. Gegen Ende des Jahres 1878 gehen jede Woche 25 fertige Dynamomaschinen aus der Fabrik in der Markgrafenstraße hinaus; trotzdem müssen Siemens Brothers in London, die auf einen Schlag 60 Maschinen bestellen, geraume Zeit auf die Erledigung ihres Auftrages warten, denn die deutschen Kunden gehen vor. Man hat eben überreichlich mit Beleuchtungsanlagen zu tun, und die elektrische Kraftübertragung tritt demgegenüber einstweilen in den Hintergrund. –

Einen neuen starken Auftrieb erfährt sie erst in den achtziger Jahren nach der Begründung der Berliner Elektrizitätswerke. Da sitzen die drei Direktoren dieser Werke zusammen und betrachten mit sehr nachdenklichen Gesichtern die Tageskurven ihrer Zentralen. Tagtäglich zeigen diese das gleiche Bild. Bei Anbruch der Dunkelheit setzt die Belastung der Maschinen ein, steigt bis 10 Uhr abends und fällt bis Mitternacht wieder bis auf beinahe Null. Im Jahresdurchschnitt arbeiten die Zentralen täglich nur sechs Stunden mit guter Last; in den restlichen 18 Stunden sind sie fast unbeschäftigt. In sechs Stunden soll die Verzinsung und Amortisation der großen in den Zentralen steckenden Kapitalien verdient werden. Selbst bei hohen Strompreisen ist das schwer möglich.

»Ja, Herrschaften! Habt ihr euch dös denn nicht gleich denkt?« nimmt das jüngste Direktionsmitglied, der 31jährige Oskar von Miller, in seiner naturwüchsigen Weise das Wort. »Mit dem Licht allein habt ihr einen alten Hut. Da wird's nie nix Rechtes werden.«

»Wie ist das zu verstehen, Herr von Miller?« fragt ihn der eine seiner Kollegen, über den bajuvarischen Ton etwas pikiert.

»Sehr einfach! Wir müssen auch bei Tage Arbeit für unsere Maschinen finden. Wenn sie keine Lampen speisen, müssen sie Elektromotoren treiben.«

»Hm! So?! Leicht gesagt, aber schwer getan«, wirft der andere Direktor ein.

»Herrgott im Himmel, seid's doch gescheit, Leute!« braust der temperamentvolle Oskar von Miller auf. »Das Kleingewerbe schreit nach Kraft. In Paris versuchen sie's schon mit Druckluft. Da hat der Popp extra eine Gesellschaft gegründet, hat Röhrenleitungen in den Straßen verlegt, und in mehr als hundert Werkstätten arbeiten seine Druckluftmotoren. Wir haben unsere Kabel schon liegen, brauchen nur noch Hausanschlüsse zu machen. Müßte doch mit dem Deixel zugehen, wenn die Leut' nicht en masse zu uns kommen.«

»Hm, hm! So, so?!« Bedeutungsvoll blicken die beiden anderen sich an. Der Vorschlag des Bayern scheint ihnen nicht mehr so abwegig zu sein.

»Die Maschinen und Kabel sind bereits da; das ist richtig«, sagt der kaufmännische Direktor noch immer etwas zögernd. »Zu welchem Preise würden wir Kraftstrom abgeben können?«

»Zu jedem, bei dem wir nicht direkt zusetzen!« trumpft von Miller auf. »Erst heißt's Abnehmer gewinnen. Hernach können wir immer noch mit dem Preis hinaufgehen.«

»Nein!« widerspricht der Techniker. »Hinaufgehen können wir später nicht, hinuntergehen allenfalls. Der Strompreis muß gleich so festgesetzt werden, daß nicht nur die eigentlichen Betriebsausgaben, also auch die Abnutzung der Maschinen, gedeckt werden. Es muß auch eine Marge für die Verzinsung und Amortisation einkalkuliert werden. Sie braucht nicht sehr groß zu sein, aber sie muß da sein, sonst hat das Ganze keinen Zweck.«

»Meinetwegen«, stimmt von Miller etwas widerwillig zu, »wenn der Preis zu hoch wird, kommen die Leut' nicht.«

Bleistifte werden in Bewegung gesetzt, Zahlen niedergeschrieben und wieder ausgestrichen, und schließlich kommt man zu einem Satz, der etwa zwei Drittel des Preises für Lichtstrom ausmacht.

»Na, alsdann los!« sagt Oskar von Miller beim Schluß der Sitzung. »Jetzt wollen wir uns die Leut' mal holen. Die Schlosser und Spengler und Tischler und alle die anderen!« –

Die folgenden Jahre zeigen, daß die Idee Oskar von Millers richtig war. Zunächst noch vereinzelt, doch bald in größerer Zahl stellen sich die Abnehmer für Kraftstrom ein. Zuerst kommt das Kleingewerbe, das sich bisher ohne Maschinenkraft behelfen mußte, und dem schon mit einem Motor von einer Pferdestärke gut gedient ist. Bereits in den Jahren 1886 und 1887. 20 Jahre nach der Erfindung der Dynamomaschine, laufen zahlreiche derartiger Kleinmotoren in Berliner Werkstätten, und überall in Deutschland, wo Elektrizitätswerke entstehen, geht die Entwicklung den gleichen Weg. Dann aber melden sich immer größere Abnehmer, die ihre Gasmotoren und endlich auch ihre Dampfmaschinen abreißen und dafür Elektromotoren mit 10, mit 20, ja mit 50 und sogar mit 100 Pferdestärken aufstellen lassen.

Zehn Jahre nach jenem ersten Vorschlag Oskar von Millers geben die Berliner Elektrizitätswerke bereits sieben Millionen Kilowattstunden für Kraft gegenüber zehn Millionen für Licht ab. und in dem folgenden Geschäftsjahr 1899 werden 16 Millionen Kilowattstunden für Kraft gegenüber zwölf Millionen für Licht geliefert. Nicht nur die Tageskurve der Elektrizitätswerke ist dadurch um die Jahrhundertwende ausgeglichen, der Energieverbrauch für die elektrische Kraftübertragung hat auch denjenigen für die Beleuchtung bedeutend überflügelt. 34 Jahre nach der Erfindung der Dynamomaschine hat die elektrische Kraftübertragung sich restlos durchgesetzt; nicht nur in Berlin und nicht nur in Deutschland, sondern in allen zivilisierten Staaten der Erde.

Werner Siemens hat diese Entwicklung nicht mehr erlebt, doch er sah noch die Morgenröte einer neuen Zeit. Seine Lebenserinnerungen klingen in die Worte aus:

»Mein Leben war schön, weil es wesentlich erfolgreiche Mühe und nützliche Arbeit war, und wenn ich schließlich der Trauer darüber Ausdruck gebe, daß es seinem Ende entgegengeht, so bewegt mich dazu der Schmerz, daß ich von meinen Lieben scheiden muß, und daß es mir nicht vergönnt ist, an der vollen Entwicklung des naturwissenschaftlichen Zeitalters erfolgreich weiterzuarbeiten.«

Er mußte sich mit dem ebenfalls in den Lebenserinnerungen ausgesprochenen Gedanken trösten, »daß andere das tun werden, was man selbst nicht mehr fertigbringt.« Das ist in der Tat geschehen, und das 20. Jahrhundert hat im Sturmschritt fortgesetzt, was im 19. Jahrhundert begonnen wurde.

Auch die Schwerindustrie, die Berg- und Hüttenwerke wenden sich der elektrischen Energieübertragung zu, und bald laufen Elektromotoren von früher kaum geahnten Ausmaßen, wo vor kurzem noch Dampfmaschinen keuchten und pufften. Elektromotoren mit einer Leistung von vielen hundert Pferdestärken lassen bereits in den ersten Jahren des neuen Jahrhunderts die Förderschalen der Tiefbauschächte mit Schnellzugsgeschwindigkeit auf- und abwärts sausen. Elektromotoren mit der früher unausdenkbaren Leistung von vielen tausend Pferdestärken treiben die Walzen an, zwischen denen die glühenden Stahlblöcke zu Schienen und Trägern ausgereckt werden. Elektromotoren bewegen in Industriewerken und Hafenanlagen die zahllosen Kräne, die Riesenlasten wie spielend bewältigen. Tausendpferdige Elektromotoren treiben jene Gebläse, welche die Grubenschächte bewettern, treiben auch die breiten Förder- und Sortierbänder, auf denen die zutage gebrachten Kohlen oder Erze weitertransportiert und ausgelesen werden und schleppen sie bis auf Turmhöhe an die Hochöfengichte heran. Elektromotoren bewegen die Gießpfannen, in die das flüssige Roheisen aus dem Ofen herausströmt. Elektromotoren kippen die Bessemer-Birnen, in die es die elektrisch betriebene Gießpfanne hineinströmen läßt. Elektrizität erzeugt den Gebläsewind, der das Roheisen in der Birne in wenigen Minuten in guten Stahl verwandelt. Elektromotoren sind überall an der Arbeit, wo der Stahl weiter geformt wird, mögen ihn nun Walzen zwischen sich hindurchreißen oder mag die hydraulische Schmiedepresse ihn unter einem Druck von Millionen von Kilogramm wie weiches Wachs in neue Formen drücken.

»Der Technik sind gegenwärtig die Mittel gegeben, elektrische Ströme von unbegrenzter Stärke auf billige und bequeme Weise überall da zu erzeugen, wo Arbeitskraft disponibel ist. Diese Tatsache wird auf mehreren Gebieten derselben von wesentlicher Bedeutung werden.«

Diese prophetischen Worte, die Werner Siemens in seinem Bericht an die Akademie der Wissenschaften vom 17. Januar 1867 niederschrieb, sieht der Besucher unserer schwerindustriellen Werke heute auf Schritt und Tritt verwirklicht.

»Wo Arbeitskraft disponibel ist«, schreibt Werner Siemens. Auf Zechen und in Hüttenwerken ist sie disponibel, sofern man sie nur zu fassen und zu greifen versteht, und das geschieht im naturwissenschaftlichen Jahrhundert systematisch. Das Gichtgas der Hochöfen brennt nicht mehr mit lodernder Flamme frei weg, des Nachts weithin ein schaurig-schönes Schauspiel gewährend. Die Gicht ist verschlossen, das Gas wird in Rohrleitungen zur elektrischen Zentrale der Hütte geleitet. Dort treibt es Gasmotoren, denen gegenüber die des 19. Jahrhunderts wie Spielzeug anmuten. Und jeder dieser Motoren ist mit einer mehrtausendpferdigen Dynamomaschine verbunden. »Auf billige und bequeme Weise« wird die Arbeitskraft der Gichtgase hier in »elektrische Ströme von unbegrenzter Stärke« umgesetzt. 100.000 und noch mehr elektrische Pferdestärken gehen aus solcher Zentrale hinaus, um in dem weiten Betrieb des Hüttenwerkes an hundert Stellen Nutzarbeit zu leisten, sei es im 30.000pferdigen Walzwerkmotor, sei es in dem Tischventilator im Hüttenbüro, den ein Elektromotor von einer Zehntelpferdestärke antreibt.

Immer länger werden die Ofenbatterien der Kokereien auf den Kohlenzechen, immer gewaltiger damit auch die aus diesen Öfen anfallenden Mengen von gutem Steinkohlengas. Weit über den Eigenbedarf der Zechen reichen sie jetzt hinaus. Wohin mit dem Segen?

Die Dynamomaschine ermöglicht eine gute Lösung. Die Werke der Schwerindustrie liegen ja ausnahmslos in der Nähe großer aufblühender Städte, liegen zuweilen sogar mitten in ihnen. Da sind Millionen von Abnehmern für Licht- und Kraftstrom vorhanden, und nun erübrigt es sich, für diese Städte noch eigene Elektrizitätswerke zu errichten. Auf den Zechen selbst wachsen neben den Kokereien riesige Elektrizitätswerke aus dem Boden. Dort, wo das Koksgas anfällt, wird es auch gleich Großgasmotoren zugeführt; jeder Gasmotor aber ist mit einem gleichstarken Dynamo gekuppelt, und Millionen und aber Millionen von Kilowattstunden ergießen sich von den Zechen her in die Nachbarstädte.

Zu märchenhaft billigen Preisen kann hier die elektrische Energie geliefert werden. Während vor dem Weltkrieg einzelne Städte Norddeutschlands noch 70 Pfennig für die Kilowattstunde nehmen müssen, um zurechtzukommen, kann sie zu jener Zeit im rheinisch-westfälischen Industriegebiet für 7 Pfennig geliefert werden. Kriegs- und Inflationsjahre können diese Entwicklung nur zeitweilig unterbrechen. Nach der Überwindung dieser Jahre geht sie im beschleunigten Tempo weiter und erstreckt sich bald über das ganze Land.

Kaum einen Haushalt gibt es heute im Deutschen Reich, in dem nicht wenigstens ein Elektromotor – sei es im Staubsauger, sei es im Föhnapparat – vorhanden ist. Keine Werkstatt, keinen Wirtschaftsbetrieb gibt es mehr, in denen nicht viele dieser allzeit dienstbereiten Maschinen arbeiten. Elektrische Energie, gewonnen in den von einem Deutschen erdachten Dynamomaschinen, formt im 20. Jahrhundert auf der ganzen Erde das Gesicht der Wirtschaft und bestimmt und verbessert die Lebensbedingungen von Millionen von Menschen.

Elektrische Bahnen

»Au! Wahrhaftig Elektrizität! Au, Junge, eben habe ich 'nen dollen Schlag jekriegt!«

»Du, Justav, ik ooch. Det is keen Schwindel! Die fahren wirklich mit Elektrizität.«

So tönt es an einem Sommertag des Jahres 1879 aus den Mündern waschechter Berliner, die an einer Schmalspurbahn hocken und die Schienen betasten. Die Unterhaltung findet auf dem Gelände der Berliner Gewerbeausstellung statt. Kurz vorher ist etwas an den so Redenden vorbeigefahren, zu schnell eigentlich, um es so ganz richtig ins Auge zu fassen und zu begreifen. Offene Wägelchen waren es. Fast wie die bequemen Bänke in den breiten Wegen des Ausstellungsparkes sahen die Dinger aus, und Leute saßen darauf, behaglich hingelehnt, die sich mit der neuen Kraft durch den Park kutschieren ließen.

Ja, ist es denn wirklich Elektrizität? Das wollen die Ausstellungsbesucher noch nicht so recht glauben. Deshalb hocken sie jetzt überall an der Bahnstrecke, befühlen die Schienen und freuen sich wie die Kinder über die schwachen Schläge von 140 Volt, die sie bei ihrer Spielerei in die Finger bekommen. Die Gelegenheit, sich umsonst elektrisieren zu lassen, will sich kein richtiger Spree-Athener entgehen lassen.

Es ist tatsächlich Elektrizität, denn hier fährt die erste elektrische Bahn der Welt. Hier wird sie von Siemens u. Halske zum erstenmal im Betrieb vorgeführt und, soweit Plätze frei sind, kann sie jeder Ausstellungsbesucher für 20 Pfennig benutzen. Werner Siemens schreibt darüber an Bruder Karl nach London:

»Die elektrische Eisenbahn ist nichts wie zwei große dynamo-elektrische Maschinen, von denen die eine auf kleinen Rädern montiert ist. Eine dritte Mittelschiene (Eisenbahn oder Flacheisen) ist angebracht, gegen welche von beiden Seiten Räder oder Bürsten schleifen, die den Kontakt vermitteln. Die äußeren Schienen bilden die Rückleitung durch die Räder der Lokomotive und des Zuges. Die Bahn läuft in sich selbst zurück, ist etwa 800 Meter lang, und der Zug passiert sie mit 18 bis 24 Personen und Lokomotivführer, der auf der Lokomotive reitet, in ein bis zwei Minuten, je nach der Geschwindigkeit der arbeitenden Maschine. Bei sehr starkem Regen geht es etwas langsamer. Die Sache macht allen gewaltigen Spaß, und bei zwei Silbergroschen Fahrgeld für wohltätige Zwecke kommen täglich in vier Stunden gegen 1000 Mark ein!

Die Sache ist nicht ohne Wichtigkeit, namentlich wenn man die Bahn hängend baut! Ich denke, künftig die Mittelschienen fortzulassen und die rechten Räder des ganzen Zuges von den linken zu isolieren, sowie die Schienen selbst. Dann bilden die Räder des Zuges den Kontakt. Bei langen Linien müßte man alle ein bis zwei Kilometer eine stehende Relaismaschine aufstellen, welche die Potentialdifferenz zwischen äußeren und inneren Schienen (oder rechter und linker) wieder herstellt, so daß auch kleine Schienen ausreichen. Das Geleise ist 50 Zentimeter (Spurweite) und die Schienen kleinste Grubenschienen mit eiserner Auflage (ohne Schwellen).

Der Tivolibesitzer in Kopenhagen will die Anlage kaufen und unzählige Anfragen sind eingelaufen. Interessant für Eisenbahntechniker ist das schnelle und kräftige Anfahren des Zuges. Festhalten können fünf kräftige Männer den Zug nicht. Das ist ein großer Vorteil der elektrischen Maschinen vor den Dampfmaschinen, da bei jenen die Zugkraft umgekehrt proportional der Geschwindigkeit ist. Glaubt Ihr vielleicht, daß ein Patent in England sich nehmen ließe? Dann vorwärts!«

Der in diesem Brief ausgesprochene Gedanke, die dritte Schiene wegzulassen und den Strom durch die eine Fahrschiene hin und durch die andere zurückzuleiten und dem Wagen durch ein von der Achse isoliertes Rad zuzuleiten, wird schon zwei Jahre später bei der Anlage der ersten dem öffentlichen Dauerverkehr dienenden Bahn verwirklicht. Da ist auf dem ehemaligen Rittergut Lichterfelde südwestlich von Berlin in den Gründerjahren 1870/71 die Villenkolonie Groß-Lichterfelde entstanden. Sie liegt zwischen zwei Bahnhöfen der Anhalter und Potsdamer Bahn. Auf dem halben Wege zwischen diesen Bahnhöfen hat man das neue Gebäude der Kadettenanstalt errichtet, die sich bisher in der Berliner Innenstadt in beengten Räumen befand.

Raum ist jetzt reichlich vorhanden, nicht nur drinnen, sondern auch draußen. Wer zur Kadettenanstalt will, muß zwei Kilometer über Land laufen. Eine Pferdebahn wird hier auch der wagehalsigste Unternehmer nicht hinbauen, denn eine Rentabilität ist nicht zu erwarten. Aber für eine elektrische Versuchsbahn könnte das hier die richtige Gelegenheit sein. Siemens u. Halske bauen sie, und bald ereignet sich das Wunder, daß sie sich sogar rentiert. –

»Zastrow, schnell! Bredow, machen Sie! Ziethen, allons!« Der Stubenälteste von Dohna ruft es den drei anderen Kadetten zu, die mit ihm in der zehnten Abendstunde auf dem Bahnhof Lichterfelde-Ost aus dem Zug springen. In forschem Trab laufen sie zu dem zweiachsigen Straßenbahnwagen, der vor dem Bahnhof hält. Kaum sind sie auf dem Hinterperron, als das Fahrzeug sich so schnell in Bewegung setzt, daß sie sich festhalten müssen. In flotter Fahrt rollt es davon.

»Feudale Sache von dem ollen Siemens«, meint von Zastrow.

»Noch dazu elektrisch! Komische Geschichte«, sagt von Bredow.

»Is mir bloß nich klar, wo die Pferde in dem Wagen stecken«, äußert sich von Ziethen.

»An der Achse im Motor«, entscheidet Graf von Dohna, und weil er der Stubenälteste ist, wird ihm nicht widersprochen. Viel Zeit zum Widerspruch wäre sowieso nicht vorhanden, denn schon taucht die hohe Kuppel der Kadettenanstalt auf. Kurz danach hält der Wagen.

»Zehn Minuten vor zehn! Kommen noch anständig nach Hause«, sagt von Dohna beim Verlassen des Fahrzeuges.

»Gott sei getrommelt und gepfiffen, daß wir die zwei Kilometer nicht zu latschen brauchten«, bemerkt von Zastrow.

»Sonst hätten wir mal wieder über den Zappen gewichst«, sagt ganz für sich von Ziethen. – Die elektrische Bahn in Lichterfelde rentiert sich. Nicht nur die Kadetten und ihre Angehörigen, die zu Besuch kommen, benutzen sie; auch für die vielen Kolonisten ist sie bald unentbehrlich und muß schon kurze Zeit nach der Eröffnung den 20-Minuten-Verkehr einführen. Kinderkrankheiten bleiben dabei nicht aus.

So will der Bauer Rothe aus Lankwitz eines schönen Tages seinen Schwager Zinnow in Zehlendorf besuchen und kommt mit seinem Fuhrwerk durch Lichterfelde gezottelt. Rothe döst auf seinem Wagen, als er die Schienen der neuen elektrischen Bahn kreuzt. Aber plötzlich wird er munter und hat alle Hände voll zu tun, seinen Gaul, die alte Liese, im Zaum zu halten. Weiß der Teufel, was in das Tier gefahren ist. In dem Moment, in dem es mit seinen Hufen beide Schienen berührte, hat es einen mächtigen Sprung gemacht und galoppiert dann in einem Tempo los, das Rothe dem alten Zossen niemals zugetraut hätte. Erst allmählich bekommt Bauer Rothe sein Fuhrwerk wieder in die Gewalt, und lange noch liegt ihm das Abenteuer in den Knochen. Er bleibt auch nicht der einzige, dem so etwas passiert. Andere Gespanne müssen etwas Ähnliches durchmachen, denn Hufeisen und Hufnägel sind gute Leiter, und das Pferd ist gegen elektrische Schläge noch wesentlich empfindlicher als der Mensch.

So muß seitens der Straßenbahn etwas gegen derartige Vorkommnisse geschehen, und man hilft sich in Lichterfelde auf recht einfache Weise. An der Wegkreuzung werden die Schienen einfach stromlos gemacht. Die Stromverbindung wird an dieser Stelle durch ein kurzes unterirdisches Kabel hergestellt, und die Straßenbahnwagen müssen das kurze Stückchen ohne Strom mit eigenem Schwung überfahren.

Bei der Lichterfelder Bahn genügt dies Mittel, da sie zum größten Teil auf einem vorhandenen alten Bahndamm verläuft und die öffentlichen Straßen nur an wenigen Stellen kreuzt. Für eigentliche Straßenbahnen wird die Anlage jedoch grundsätzlich anders werden müssen, und sehr schnell kommt man hier zur Oberleitung. Schon 1882 läuft eine elektrische Straßenbahn von Siemens u. Halske auf der Strecke Westend – Spandauer Bock. Über der Strecke hat man dicht nebeneinander zwei parallele Drahtseile gespannt, von denen das eine die Stromzuführung, das andere die Stromrückleitung bildete. Auf diesen Seilen läuft gewissermaßen wie auf Schienen ein kleiner Kontaktwagen, der durch Kabel mit dem Motor des Straßenbahnwagens in Verbindung steht. Nach demselben Prinzip wird im gleichen Jahr auch bei Halensee in den neu angelegten Straßen 5 und 13, der heutigen Joachim- und Johann-Georg-Straße, ein Probebetrieb mit der »Elektromote« eröffnet. Es ist der erste Oberleitungs-Omnibus der Welt, der hier im Sommer 1882 seine Fahrten macht. Ebenso wie die Straßenbahn in Westend erhält auch er den Strom aus einer doppelten Oberleitung, auf der er einen kleinen Kontaktwagen hinter sich herzieht. Diese Art der Stromzuführung bewährt sich jedoch nicht, und bald kommt man zu der heute noch allgemein üblichen Anordnung, bei welcher der Strom durch die Oberleitung und einen Kontaktbügel oder eine Kontaktstange mit Rolle dem Motor zugeführt und durch die Straßenbahnschiene zur Kraftstation zurückgeleitet wird.

Die Allgemeine Elektricitätsgesellschaft rüstet ihre Bahnanlagen mit der aus Amerika stammenden Trolley-Stange, der Rolle aus, während Siemens und Halske den Bügel bevorzugen. So kommt das Scherzwort auf: Die AEG. rollt und Siemens bügelt.

Werner Siemens hat ja von Anfang an übrigens an eine ganz andere Ausführungsform elektrischer Bahnen gedacht. So äußert er sich über die Lichterfelder Bahn einmal:

»Sie ist als eine von ihren Säulen und Längsträgern herabgenommene und auf den Erdboden verlegte Hochbahn aufzufassen.«

Bereits damals geht er mit der Idee einer elektrischen Hochbahn um. Schon zu Beginn des Jahres 1880 arbeitet er einen vollständigen Plan einer elektrischen Hochbahn aus, die vom Wedding bis zum Belle-Alliance-Platz in Berlin durch die Friedrichstraße führen soll. Die Zeichnungen dieses Projekts sehen einzelne in zehn Meter Abstand voneinander an den Kanten der Bürgersteige errichtete starke Säulen vor, auf die eine eingleisige Strecke aufmontiert werden soll. Am 14. Februar 1880 wird dieser Plan dem Magistrat der Stadt Berlin eingereicht. Der Magistrat ist der Ausführung nicht abgeneigt, und auch das Eisenbahnministerium hat gegen den Entwurf keine Bedenken; doch wie ein Mann erheben sich die Anwohner und Grundbesitzer der Friedrichstraße dagegen. Alle möglichen Gründe führen sie ins Feld und bringen das Projekt durch ihren Einspruch zum Scheitern.

Noch 13 Jahre werden vergehen müssen, bevor endlich der Plan einer Berliner Hochbahn der Firma Siemens u. Halske genehmigt wird. Aber diese Bahn läuft nicht mehr in nordsüdlicher Richtung; sondern folgt den großen Gürtelstraßen vom Stralauer Tor an bis nach Charlottenburg in ostwestlicher Richtung. Werner Siemens selbst hat die Ausführung dieses seines Lieblingsprojekts nicht mehr erlebt, aber als Hochbahn und später als Untergrundbahn ist die elektrische Bahn in unserem Jahrhundert ein aus dem Bild der Großstädte nicht mehr wegzudenkendes Schnellverkehrsmittel geworden.

Hochbahnen sind zwar für die Fahrgäste das angenehmere Verkehrsmittel, denn sie sehen etwas von den Stadtvierteln, die der Zug durcheilt. Für die städtischen Straßen aber, mögen sie auch noch so breit sein, ist der Hochbahnviadukt eine Zugabe, die nicht immer angenehm empfunden wird. Schon frühzeitig hat sich Werner Siemens deshalb auch mit Plänen zu einer Untergrundbahn oder, genauer gesagt, Unterpflasterbahn befaßt, bei der die Züge in einem unmittelbar unter dem Straßenpflaster liegenden Tunnel verkehren.

Die schwierigen Grundwasserverhältnisse Berlins waren ihm bekannt; in den achtziger Jahren dachte er daran, sie mit dem Gefrierverfahren des deutschen Ingenieurs Poetsch zu bewältigen, das er auf einer eigenen Braunkohlengrube bei Königswusterhausen bei der Schachtabteufung durch schwimmendes Gebirge gründlich erprobt hatte.

Die spätere Entwicklung geht einen anderen Weg und wird des Grundwassers durch Absenkung Herr. Man schlägt dabei einfach im Zuge der geplanten Untergrundbahn Rohrbrunnen in die Erde und wirft durch Maschinenkraft große Grundwassermengen in die benachbarten Flußläufe. Da das Wasser durch den Boden der Umgebung nur sehr langsam nachströmen kann, erfährt der Grundwasserspiegel dabei an der mit Brunnen besetzten Strecke eine talartige Einsenkung von solcher Tiefe, daß der Bahntunnel in trockener Baugrube hergestellt werden kann.

Auch die dabei benutzte Wasserhebung ist eine Erfindung von Werner Siemens. Als Physiker interessierte ihn die scheinbar recht triviale Frage, warum das Wasser aus einer geöffneten Seltersflasche hinausprudelt. Das haben schon viele Leute vor ihm gesehen, ohne sich besondere Gedanken darüber zu machen. Bei ihm kristallisiert sich aus den Überlegungen, die er über die doch sehr alltägliche Angelegenheit anstellt, die Idee einer pneumatischen Wasserhebung heraus, die bei der Erbauung der Untergrundbahnen später wertvollste Dienste leisten wird. In der

Ausführung ist die Sache verblüffend einfach. In solchem Rohrbrunnen steht das Grundwasser bis zu einer gewissen Höhe, etwa zwei oder drei Meter unter dem Straßenniveau. Nun steckt man in das Brunnenrohr ein wesentlich dünneres Rohr, durch das man Druckluft nach unten strömen läßt. Die Luft vermengt sich in der Tiefe mit dem Wasser, und wie aus der Seltersflasche sprudelt aus dem Brunnenrohr ein Wasser-Luft-Gemisch, und zwar bis zu solcher Höhe, daß es direkt durch Rinnen zum nächsten Flußlauf abströmen kann. Als Mammutpumpe findet diese Einrichtung in der Technik Eingang. Hunderte derartiger Brunnen kommen beim Bau der Berliner Unterpflasterbahnen zur Verwendung.

Als ein ausgesprochenes Schnellverkehrsmittel bewähren sich die städtischen Hoch- und Untergrundbahnen. Die elektrisch betriebenen Züge fahren viel schneller an als Dampfzüge (0,7 gegen 0,3 Meter Beschleunigung je Sekunde). Sie erreichen daher so schnell hohe Fahrgeschwindigkeiten, daß auch bei einer dichten Stationsfolge noch ansehnliche Reisegeschwindigkeiten herauskommen. Hier setzt der elektrische Bahnbetrieb sich daher schnell durch. Schon 1894 können Siemens u. Halske die Budapester Unterpflasterbahn eröffnen.

Wesentlich anders geht die Entwicklung der Bahnen, die das Planum der öffentlichen Straßen benutzen, der eigentlichen Straßenbahnen, vor sich. Diese Schöpfung deutschen Geistes muß erst über das große Wasser gehen und von dort als amerikanische Angelegenheit zurückkommen, um in Deutschland allgemeine Verbreitung zu finden. Es ist der gleiche bedauerliche Vorgang, der sich ungefähr um dieselbe Zeit auch mit dem Auto abspielt. Unabhängig voneinander lassen die deutschen Ingenieure Karl Benz und Gottlieb Daimler schon 1885 ihre ersten Motorfahrzeuge laufen, aber auch diese deutsche Erfindung muß erst ins Ausland gehen, um nach einem Jahrzehnt als Leistung der französischen Technik nach Deutschland importiert zu werden. Fast ein volles Jahrzehnt auch stagniert die elektrische Straßenbahn in Deutschland. Nur für Zechen und Hütten liefern deutsche Elektrofirmen Gruben- und Industriebahnen, für die auch alle technischen Einzelheiten entwickelt werden, die später dann auch den elektrischen Straßenbahnen zugute kommen. Kennzeichnend für diese bedauerliche Entwicklung ist es, daß noch im Jahre 1896 die Elektrifizierung der großen Berliner Pferdeeisenbahngesellschaft einer amerikanischen Gesellschaft übertragen wird, obwohl doch schon seit 1895 die von Siemens u. Halske erbaute Straßenbahn Berlin – Pankow in Betrieb ist. –

Nach den Straßenbahnen und den städtischen Schnellbahnen kommen die großen Fernbahnen an die Reihe. Bei ihnen sind die Betriebsverhältnisse grundsätzlich anders. Die Stationen liegen hier viel weiter auseinander, und auf freier Strecke wird der Elektromotor auf viele Kilometer hin zeigen müssen, welche Geschwindigkeiten sich mit ihm erreichen lassen. Viel größere Entfernungen sind hier zu überwinden, und von Anfang an ist es klar, daß die elektrische Energie hier in einer anderen Form zur Verwendung kommen muß.

Für den städtischen Verkehr hat sich der Gleichstrom bewährt und ist bis zum heutigen Tage das ausschließliche Betriebsmittel geblieben. Mit einer Spannung von 500 bis 600 Volt wird er den Oberleitungen der Straßenbahn, mit 800 Volt den Stromschienen der Hoch- und Untergrundbahn zugeführt. Auch bei den inzwischen vom Dampfbetrieb zum elektrischen Betrieb übergegangenen Vorortestrecken kommt er zur Anwendung und bewährt sich bei Entfernungen bis zu 50 Kilometer tadellos. Aber für die Fernbahn mit ihren größeren Streckenlängen und Leistungsanforderungen wird man viel höhere Spannungen benutzen müssen, die nur dem Wechselstrom vorbehalten sind.

Etwas vollkommen Neues muß hier geschaffen, eine ganz neue Technik entwickelt werden, und so begründen denn die beiden großen deutschen Elektrofirmen Siemens u. Halske und die AEG. im Herbst des Jahres 1898 eine »Studiengesellschaft für elektrische Schnellbahnen«. Da der einfache Wechselstrommotor zu dieser Zeit noch nicht genügend entwickelt ist, wählt man für die Versuchsstrecke Berlin – Zossen den dreiphasigen verketteten Wechselstrom, den sogenannten Drehstrom, welcher der Oberleitung mit einer Spannung von 10 000 Volt zugeführt wird. Bei dieser Stromart muß freilich die Oberleitung für die drei Stromphasen dreidrähtig ausgeführt werden, doch muß man diese Komplikation vorläufig noch mit in Kauf nehmen. Dafür entsprechen die Versuchswagen, die von den beiden Gründern der Studiengesellschaft erbaut werden, aber auch allen Erwartungen. Auf den Probefahrten in den Jahren 1901 bis 1903 erreichen sie Geschwindigkeiten von mehr als 200 Kilometer je Stunde. Gegenüber den Höchstgeschwindigkeiten der Dampfzüge von 90 bis 100 Kilometer ist das ein bedeutsamer Fortschritt.

Nicht nur die Elektriker, sondern auch die Eisenbahntechniker lernen unendlich viel aus diesen Probefahrten. Die Eisenbahntechniker müssen erkennen, daß eine Strecke für 200 Kilometer je Stunde ganz anderen Ansprüchen gewachsen sein muß als die bisher üblichen Streckenbauten. Stärkere Schienen, längere Schienen, andere Überhöhungen, ein wesentlich verstärkter Oberbau, das alles ergibt sich für die Eisenbahntechniker aus diesen Versuchen. Und wenn ein Menschenalter später 200 Kilometer je Stunde eine betriebsmäßige Höchstgeschwindigkeit werden können, so liegen die Anfänge zu dieser Entwicklung schon in jenen Versuchsjahren zu Beginn des neuen Jahrhunderts.

Aber auch die Elektriker müssen gründlich umlernen. So nützlich der Drehstrom auch in ortsfesten Anlagen sein mag, für den Bahnbetrieb bringt er eine Reihe von Unzuträglichkeiten mit sich, die gebieterisch dazu zwingen, einen Bahnmotor für einphasigen Wechselstrom zu entwickeln. Fieberhaft wird an dieser Aufgabe gearbeitet. Gleichmäßig haben Elektriker und Maschinenbauer mit der Tücke des Objekts zu kämpfen. Immer neue, unerwartete Schwierigkeiten türmen sich auf, wenn man eben glaubt, das Problem glücklich gelöst zu haben. Viele Millionen werden allein von der deutschen Elektroindustrie für Versuche und Entwicklungsarbeiten ausgegeben, aber nach zehnjährigem Kampf ist wenigstens eine Etappe geschafft. 1912 auf 1913 laufen die ersten einphasigen Wechselstrom-Lokomotiven auf preußischen und bayrischen Bahnen.

Es sind bereits recht schwere Maschinen mit Leistungen von 2000 und mehr Pferden, den größten Dampflokomotiven jener Zeit an Geschwindigkeit und Zugkraft durchaus ebenbürtig, ja zum Teil schon überlegen. Als Betriebskraft dient hochgespannter Wechselstrom von 16 000 Volt, welcher den Maschinen durch eine über die Strecke gespannte Oberleitung zugeführt wird. An drei Stellen Deutschlands entstehen die ersten derartigen Eisenbahnoberleitungen, in Schlesien auf der Strecke Lauban-Königszelt, um Halle herum und auf der Strecke München-Garmisch in Bayern. Später einmal sollen und werden diese Leitungen ebenso zu einem sich über alle deutschen Vollbahnen streckenden Netz zusammenwachsen, wie fast ein Jahrhundert früher die ersten Schienenwege schnell zu einem zusammenhängenden großen Schienennetz verflochten wurden. Einstweilen hat die elektrische Vollbahnlokomotive Gelegenheit, sich in der Ebene des Halleschen Braunkohlengebietes als Schnellzugmaschine zu bewähren und in den bayrischen Alpen und in den schlesischen Bergen ihre Fähigkeiten in der Überwindung von Steigungen zu beweisen.

Begreiflicherweise ist der 2000pferdige Wechselstrommotor dieser Vollbahnlokomotiven beträchtlich größer als die 50pferdigen Motoren der städtischen Straßenbahnen. Man kann dessen Anker nicht mehr unter den Wagenkasten neben der Achse unterbringen. Er findet seinen Platz hoch darüber an der Stelle etwa, wo bei den Dampflokomotiven der Kessel liegt, und überträgt seine Leistung durch einen Kurbeltrieb und eine Kurbelstange nach unten auf die Lokomotivräder. Gerade dieser mechanische Teil der Anlage macht in den ersten Jahren noch unerwartete Schwierigkeiten, und es gibt viele, zunächst ganz unerklärliche Stangen- und Kurbelbrüche, bis es gelingt, auch diese Verhältnisse zu meistern.

Ein Kompromiß wird auch wegen der Periodenzahl notwendig. Die Wechselstromanlagen für die Licht- und Kraftversorgung arbeiten bekanntlich mit 50 Perioden in der Sekunde. Zu diesem Wert ist man seinerzeit gekommen, indem man die Periodenzahl so lange erhöhte, bis ein Flimmern der mit Wechselstrom gespeisten Lampen nicht mehr zu bemerken war. Bei der Konstruktion der ersten Lokomotiv-Wechselstrommotoren ist man jedoch gezwungen, auf den dritten Teil dieses Wertes hinabzugehen. Die ersten elektrischen Wechselstrombahnen werden mit 16? Perioden pro Sekunde betrieben. Sie können also nicht aus dem allgemeinen Wechselstromnetz gespeist werden, sondern es wird notwendig, besondere Kraftwerke für ihre Stromversorgung zu errichten und den elektrifizierten Strecken die Energie auch durch besondere

Leitungen zuzuführen. Das bedeutet eine Komplikation, die vorläufig aber mit in Kauf genommen werden muß. Dabei ergibt sich ein interessantes Bild, wenn etwa eine Dampflokomotive unter einer derartigen Wechselstromoberleitung Dampfwolken ausstößt. Es ist dann deutlich zu sehen, wie die Dampfmasse in der Nähe dieser Hochspannungsleitungen im Rhythmus der 16? Perioden erzittert, und man begreift wohl, daß ein Licht, das in diesem Rhythmus flimmert, für die Augen unerträglich sein muß.

Weltkrieg und Nachkriegszeit unterbrechen auch die Entwicklung der elektrischen Vollbahnen in Deutschland für eine Reihe von Jahren. Doch danach geht es in beschleunigtem Tempo weiter. Kleiner, gedrungener und immer leistungsfähiger werden die Motoren. Stetig wachsen Zugkraft und Schnelligkeit der elektrischen Vollbahnlokomotiven. Während der Dampfzug noch reichlich drei Stunden benötigt, um die ansteigende Strecke München – Garmisch zu bewältigen, legt der elektrische Zug sie 1930 bereits in fünf Viertelstunden zurück und braucht für die Talfahrt sogar nur eine Stunde. Auch in der Ebene wächst die Geschwindigkeit und überschreitet sehr bald die 100 Kilometer, um auf 150 und noch mehr zu kommen. Dabei handelt es sich nicht mehr um gelegentliche Rekorde, sondern um Betriebsgeschwindigkeiten.

Im vierten Jahrzehnt des 20. Jahrhunderts setzt ein Wettkampf zwischen der elektrischen und der Dampflokomotive ein, in dem auf beiden Seiten Großes geleistet wird. Auch die Dampflokomotive erreicht die 150 Kilometer je Stunde, aber die elektrische Lokomotive liegt in diesem Rennen doch an der Spitze. Nur den einen großen Vorzug der Freizügigkeit kann die Dampflokomotive für sich in Anspruch nehmen. Sie ist unabhängig von einer äußeren Energiezuführung.

Diese Freizügigkeit bietet aber auch dem diesel-elektrischen Zug eine neue Möglichkeit. Der Fliegende Hamburger, dem bald ein Fliegender Kölner und ein Fliegender Münchner folgte, haben auch das große Publikum mit dieser neuen Type bekannt gemacht. Die Energie wird hier von einem schweren Teeröl geliefert, von dem der Zug bequem genügenden Vorrat für eine Fahrt von 1000 Kilometer mit sich führen kann. Ein erstaunlich kompendiöses Aggregat, bestehend aus einem Dieselmotor und einer Gleichstromdynamo, erzeugt die elektrische Betriebskraft, die den einzelnen auf den Triebachsen des Zuges sitzenden Motoren ebenso wie bei den städtischen Schnellbahnen zugeführt wird. Technisch bedeutet es vielleicht einen Umweg, aber wegen ihrer Freizügigkeit und ihres Anpassungsvermögens an wechselnde Verkehrsbedingungen werden diesel-elektrische Züge wahrscheinlich noch eine bedeutende Rolle spielen, wenn die Dampflokomotive wirklich einmal endgültig ins Hintertreffen geraten sollte.

Während sich hier die Entwicklung kommender Jahrzehnte abzeichnet, beginnen die Oberleitungen der ersten Vollbahnstrecken bereits zusammenzuwachsen. Schon sind die bayrischen Leitungen mit den mitteldeutschen zu einem Strang verbunden, und die Verlängerung nach Berlin soll in Angriff genommen werden, als ein neuer, gewaltiger Krieg die Entwicklung zum zweitenmal unterbricht. Nach seiner Beendung wird die Verstromung der Vollbahnen unaufhaltsam weitergehen, bis einmal das ganze europäische Schienennetz von einem konformen Oberleitungsnetz überspannt ist.

Elektrochemie

Der Professor für Chemie an der Royal Institution zu London, Mister Davy, ist glücklich. Trotz der schweren Kriegszeiten, die England durchmacht, haben freigebige Gönner der Institution eine beträchtliche Summe zusammengebracht, die es ihm ermöglicht, einen schon lange gefaßten Plan zu verwirklichen. Jetzt endlich ist er in der Lage, sich eine elektrische Batterie von solcher Art zu beschaffen, wie sie der Graf Alessandro Volta in Pavia acht Jahre früher um die Jahrhundertwende angegeben hat. Dann aber, davon ist Professor Davy überzeugt, wird es große Entdeckungen und Überraschungen auf dem Gebiet der Chemie geben, denn das hat er schon bei seinen bisherigen Untersuchungen klar erkannt, daß der elektrische Strom ein chemisches Agens von ungeheurer Wirksamkeit ist.

Auch das steht für ihn fest, daß die neue Batterie sehr groß werden muß, denn leider sind die galvanischen Elemente des Conte di Volta mit einer gewissen Schwäche behaftet. Sie liefern zwar in den ersten Minuten einen schönen kräftigen Strom, lassen dann aber in der Wirkung stark nach und brauchen geraume Zeit, um sich wieder zu erholen. Es wird also nötig sein, sich eine große Anzahl dieser Voltaschen Becher zu beschaffen, um häufig wechseln zu können, und Mister Davy trägt diesem Umstand genügend Rechnung. 2000 derartiger Becher wird er aufstellen. Den größten Saal der Institution belegt er dafür mit Beschlag, und schon sind Tischler an der Arbeit, hier an den Wänden breite Regale aufzuschlagen, auf denen die Volta-Elemente ihren Platz finden sollen.

Professor Davy ist inzwischen mit der Vorbereitung dieser Elemente selbst beschäftigt. Silberbläulich und metallisch rot schimmert es auf dem großen Tisch, an dem er, von einem jungen Adlatus, fast einem Knaben noch, unterstützt, eifrig arbeitet. Aus den Kupfer- und Zinkblechen, die hier aufgestapelt sind, gilt es jetzt, passende Platten für die Elemente zuzuschneiden. Redlich müht sich Mister Davy mit einer Blechschere bei dieser Arbeit. Jetzt hält er eine kurze Zeit inne, betrachtet nachdenklich eine Blase am rechten Daumen, die er sich bei der ungewohnten Tätigkeit geholt hat, und wirft dann einen Blick auf seinen Gehilfen. Dem geht die Arbeit viel schneller von der Hand, obwohl er auch nicht Klempner von Beruf, sondern eigentlich gelernter Buchbinder ist. Als Buchbinder hat er auch bei der Institution angefangen und während der ersten Monate die wissenschaftlichen Journale eingebunden. Doch schon bald ist er dann Gehilfe, Laborant, Faktotum und rechte Hand bei Mister Davy geworden.

»Sie machen das Rennen, Master Faraday. Sie liegen mit 1000 Blechen an der Spitze«, sagt Professor Davy, als der andere sich eben wieder eine neue Blechtafel vornimmt und sie mit schnellen Schnitten zerlegt. Und dann greift er selber wieder zur Blechschere und macht sich über eine Kupfertafel her. Spricht dabei, während er die Schere durch das Blech treibt, vor sich hin:

»2000 Kupferbleche ... 2000 Zinkbleche ... 4000 Bleche, die wollen geschnitten sein...«

»Und nachher noch gebogen und vernietet, Sir«, führt Michael Faraday den angefangenen Satz des Professors fort. »Eine Woche werden wir zu tun haben, bis alles richtig steht.« –

Die Woche vergeht und noch einige Tage der nächsten Woche dazu, doch dann steht die Riesenbatterie auch wirklich betriebsbereit. Jedes der 2000 großen Glasgefäße enthält ein zylindrisch gebogenes Zinkblech und ein ebenso geformtes Kupferblech. In fünf Gruppen ist die ganze Anlage unterteilt, so daß man jede Gruppe fünf Minuten benutzen und ihr dann wieder zwanzig Minuten Ruhe gönnen kann. Noch ein halber Tag geht darauf, um die vielen Gläser mit verdünnter Schwefelsäure zu füllen, dann ist alles für die Versuche fertig, die Mister Humphry Davy schon bis ins einzelne festgelegt hat.

Eile ist geboten, denn allzulange darf man die Volta-Batterie nicht gefüllt stehenlassen, da ihre Zinke von der Säure allmählich verzehrt werden. Doch darauf hat sich Professor Davy bereits eingerichtet. Schon vorher hat er die alkalischen Erden, Natron, Kali und Kalk fein gepulvert in feuerfesten Tiegeln bereitgestellt, hat Elektroden in diese Gefäße eingebaut und alles für ihren Anschluß an die Batterie zurechtgemacht. So kann es jetzt Schlag um Schlag weitergehen, und bald vollziehen sich bisher noch nie geschaute Wunder vor seinen Augen. –

Die erste Batteriegruppe ist eingeschaltet. Schon beginnt es, in dem Ätzkalipulver zwischen den beiden Elektroden zu rauchen und zu brodeln. Ein leichter Dunst steigt auf. Glühend heiß wird die Masse, leuchtet jetzt rot, jetzt schon in heller Gelbglut auf und gerät ins Fließen. Die Minuten verstreichen darüber; die Glut in dem feuerfesten Tiegel scheint nachzulassen; auf einen Wink Humphry Davys schaltet Michael Faraday die nächste Batteriegruppe auf den Tiegel und in heller Weißglut schimmert der Einsatz danach. Frisches Kali streut der Professor darauf, um den Schmelzfluß vor dem Sauerstoff der Luft zu schützen, denn das eine sieht er schon jetzt klar: Wenn es so ist, wie er sich's in schlaflosen Nächten so oft vorgestellt hat, wenn in dieser alkalischen Erde ein Metall steckt, und wenn es der Kraft der Volta-Batterie gelingt, dies Metall aus seiner Verbindung zu reißen, dann muß man es daran hindern, wieder neue Verbindungen einzugehen. –

Die Zeit verstreicht. Auch die dritte Batteriegruppe hat der Famulus Faraday auf den Tiegel schalten müssen. Als deren Kraft nachläßt, beendet Davy den Versuch. Der Strom wird unterbrochen. Die Glut läßt nach. Professor Davy fiebert vor Ungeduld. Schon greift er zum Hammer und zerschlägt den immer noch warmen Tiegel und sieht nun wirklich, was er im Geiste schon vorher erschaut hat. Hellweiß, silberglänzend liegt es auf den Tiegelscherben. Seine Vermutung ist richtig. Das Kali ist kein einfacher Stoff, wie alle Welt so lange geglaubt hat. Es ist die Verbindung eines Metalles mit Sauerstoff, mit Kohlensäure oder sonst einem Stoff. Professor Davy packt ein Messer, bricht die Schmelze von den Scherben los und hält das neu entdeckte Metall in seinen Händen. Weich wie Blei, ja fast wie Wachs ist es; mit dem Messer läßt es sich schneiden, mit dem Hammer auf der hölzernen Tischplatte schmieden. Der Entdecker hat das Recht, dem neuen Stoff den Namen zu geben, und weil er aus dem Kali gewonnen wurde, nennt er ihn Kalium.

Auch Michael Faraday hat einen Brocken Kalium aufgenommen. Verwundert beobachtet er, wie die glänzende Oberfläche des Metalles schnell matt wird, und staunt über das geringe Gewicht des neu entdeckten Stoffes.

»Das Metall ist federleicht, Herr Professor«, beginnt er, »ich glaube, es müßte auf dem Wasser schwimmen.« Noch während er es sagt, läßt er das Stückchen in ein Gefäß mit Wasser fallen, und ein neues Wunder begibt sich. Dies Metall geht in der Tat nicht unter; es bleibt aber auch nicht still auf der Wasseroberfläche liegen. In lebhafter Bewegung, als ob das Wasser unter ihm koche, fährt es darauf hin und her, und dann plötzlich ist es von einer Flamme umgeben. Während das Metallstückchen schnell immer kleiner wird, scheint das Wasser in seiner Umgebung zu brennen. Nun ist das Metall ganz verschwunden, aber das Wasser ist zu Ätzkalilauge geworden. –

Andere Versuche folgen in den nächsten Tagen und jeder Versuch bringt eine neue Entdeckung. Professor Davy findet das Natrium, das Kalzium und das Bor. Was der chemischen Scheidekunst so lange unmöglich war, gelingt nun mit Hilfe elektrischer Ströme fast spielend. Moleküle, die bisher jeder Zerlegung trotzten, werden durch die Elektrizität in ihre Bestandteile aufgespalten. Eine neue Wissenschaft, die Elektrochemie, datiert von jenen Versuchen her, die Professor Humphry Davy im Jahre 1808 anstellte. –

Nicht nur im feurigen Schmelzfluß wirkt sich die Scheidekraft des elektrischen Stromes aus. Auch in wäßrigen Lösungen spaltet sie die Moleküle; aus Metallsalzen beispielsweise löst sie das Metall heraus und schlägt es auf einer der beiden Elektroden in Form einer festen Haut nieder. Das entdeckt Moritz Hermann Jacobi, Professor der Physik zu Petersburg, im Jahre 1835, als er den elektrischen Strom durch eine Kupfervitriollösung schickt, und wird dadurch der Erfinder einer neuen Technik, der Galvanoplastik, die heute aus unserer Industrie nicht mehr wegzudenken ist. Galvanisch verkupferte, vernickelte, versilberte und vergoldete Artikel werden bald die große Mode. –

Im Jahre 1842 ist der Leutnant Werner Siemens genötigt, Wohnung in der Zitadelle der Festung Magdeburg zu nehmen. Es ist ein historisches Quartier, das man ihm hier angewiesen hat. Die Zelle, die ihn hier aufnimmt, hat vor zehn Jahren bereits den stud. jur. Fritz Reuter beherbergt. Jetzt, im Jahre 1842, soll der Leutnant Siemens wegen der Teilnahme an einem

Duell eine längere Festungshaft in ihr absitzen. Wie er sich damit abfindet und was er dort beginnt, darüber berichtet er in seinen Lebenserinnerungen:

»Die Aussicht, mindestens ein halbes Jahr lang ohne Beschäftigung eingesperrt zu werden, war nicht angenehm, doch tröstete ich mich damit, daß ich viel freie Zeit zu meinen Studien haben würde. Um diese Zeit gut ausnutzen zu können, suchte ich auf dem Wege zur Zitadelle eine Chemikalienhandlung auf und versah mich mit den nötigen Mitteln, um meine elektrolytischen Versuche fortzusetzen. Ein freundlicher junger Mann in dem Geschäft versprach mir, nicht nur diese Gegenstände in die Zitadelle einzuschmuggeln, sondern auch spätere Requisitionen prompt auszuführen, und hat sein Versprechen gewissenhaft gehalten.

So richtete ich mir denn in meiner vergitterten, aber geräumigen Zelle ein kleines Laboratorium ein und war ganz zufrieden mit meiner Lage. Das Glück begünstigte mich bei meiner Arbeit. Aus Versuchen mit der Herstellung von Lichtbildern nach dem vor einiger Zeit bekanntgewordenen Verfahren Daguerres, die ich mit meinem Schwager Himly in Göttingen angestellt hatte, war mir erinnerlich, daß das dabei verwendete unterschwefligsaure Natron unlösliche Gold- und Silbersalze gelöst hatte. Ich beschloß daher, dieser Spur zu folgen und die Verwendbarkeit solcher Lösungen zur Elektrolyse zu prüfen. Zu meiner unsäglichen Freude gelangen die Versuche in überraschender Weise. Ich glaube, es war eine der größten Freuden meines Lebens, als ein neusilberner Teelöffel, den ich, mit dem Zinkpol eines Danielschen Elementes verbunden, in einen mit unterschwefligsaurer Goldlösung gefüllten Becher tauchte, während der Kupferpol mit einem Louisdor als Anode verbunden war, sich schon in wenigen Minuten in einen goldenen Löffel von schönstem, reinstem Goldglanz verwandelte.«

Diese Erfindung einer galvanischen Vergoldung bringt dem 25jährigen Leutnant, der gerade zu jener Zeit mit materiellen Sorgen zu kämpfen hat, zunächst einmal einen klingenden Erfolg, denn es gelingt ihm, die Patente darauf vorteilhaft zu verwerten. Sie wird aber weiter auch für seinen späteren Lebensweg entscheidend, denn von jetzt an ist er der Technik mehr denn je verfallen, und in ganz besonderem Maße interessieren ihn chemische Fragen. Bei solcher Einstellung aber ist es fast selbstverständlich, daß er sich auch sofort Problemen der Elektrochemie zuwendet, sobald in der Dynamomaschine eine den galvanischen Elementen weit überlegene Stromquelle zur Verfügung steht.

Ausführlich erörtert er in der Korrespondenz mit seinem Schwager Himly schon zu Beginn der siebziger Jahre die Rolle, welche die Elektrizität in der Metallurgie zu spielen berufen sein wird. Im April 1875 schreibt er:

»...Es war dies der hauptsächlichste Grund, warum ich die magnetelektrischen Maschinen – denen ich später die dynamo-elektrischen substituierte – besonders kultivierte.«

In den Briefen dieses und der folgenden Jahre behandelt er eingehend die Möglichkeiten, welche die Elektrolyse der wässerigen Lösungen und der feurigen Flüsse bieten. Fast alles, was später einmal Wirklichkeit werden wird, sieht er damals schon klar voraus. So heißt es in einem jener Schreiben:

»Ich möchte nun auf unsere früheren Versuche der Darstellung von Kalium, Magnesium usw. auf elektrolytischem Wege zurückgehen. Die Sache scheiterte damals an der Kostspieligkeit des elektrischen Stromes. Darin haben wir nun kolossale Fortschritte gemacht. Wir können ohne Anstand Maschinen machen, welche das Metall zentnerweise ausscheiden, und haben alle Einrichtungen, um in mäßigem Umfang sogleich mit der Sache vorzugehen.«

Und in einem anderen:

»Der Teufelskerl, der Grousillier, hat auch eine lächerlich einfache und geniale Idee, Ammoniak aus dem Stickstoff der Luft, Kohle und Wasser zu machen, die, wenn sie einschlägt, wirklich welterschütternd wirken kann. Die Universalernährungs- und -dungmittel (Stickstoffverbindungen) werden dann spottbillig herzustellen sein, und der Ertrag des Bodens enorm gesteigert werden; kurz, es ist viel Interessantes in der Luft und im Werk bei uns.«

Doch es bleibt nicht bei Worten, die Taten folgen ihnen auf dem Fuße. Schon im Jahre 1874 liefern Siemens u. Halske Dynamomaschinen mit sehr starken Schenkel- und Ankerwicklungen für elektrochemische Hüttenbetriebe, die zum Niederschlag von Kupfer, Kobalt und anderen

Metallen aus wäßrigen Bädern dienen. 1877 kommen an Berg- und Hüttenämter Spezialmaschinen zur Ablieferung, die bei Stromstärken von 1000 Ampere täglich fünf bis sechs Zentner Kupfer, ein fast chemisch reines Elektrolytkupfer, niederschlagen, und Schlag auf Schlag geht es nun von Jahr zu Jahr in immer schnellerem Tempo weiter.

Es ergibt sich nämlich, daß die Elektrolyse, das heißt die Gewinnung aus wäßrigen Bädern durch elektrischen Niederschlag, die Metalle in einer vorher nicht gekannten Reinheit liefert. Beispielsweise wird Elektrolytkupfer mit einem Gehalt von 99,99 v. H. Kupfer gewonnen. Nur noch zehn Gramm fremder Beimischungen sind in einem Doppelzentner dieses Metalles enthalten. Viel reiner ist es, als man es vordem mit den allerbesten Laboratoriumsmethoden herzustellen vermochte, und nun zeigt es erst seine wahren Eigenschaften. Das Elektrolytkupfer ist ein viel besserer Leiter für die Elektrizität und die Wärme als das im Ofenprozeß gewonnene Rohkupfer. Besonderen Vorteil zieht die junge Elektrotechnik aus diesem Verfahren, denn nun steht ihr in dem elektrolytisch raffinierten Kupfer ein ideales Leitungsmaterial für den Bau ihrer Dynamomaschinen und Elektromotoren zur Verfügung. Aber auch die Wärmetechnik profitiert davon, denn Heizschlangen, Braupfannen und Feuerkisten aus Elektrolytkupfer sind den früheren Konstruktionen weit überlegen.

Auf das Kupfer folgt das Zink, mit dessen Elektrolyse sich Werner Siemens schon zu Beginn der achtziger Jahre beschäftigt. Es setzt der elektrischen Raffination einen bedeutend größeren Widerstand entgegen als das Kupfer, und die zähe Pionierarbeit eines Menschenalters ist erforderlich, bevor es gelingt, ein wirtschaftliches Verfahren zu entwickeln; dann stellt sich aber auch hier ein voller Erfolg ein, und gegenwärtig wird der vierte Teil alles in der Welt erzeugten Zinkes auf elektrolytischem Wege gewonnen.

Eine besonders harte Nuß gibt nach der Jahrhundertwende das Tantal den Elektrochemikern zu knacken. Ebenso wie beim Kupfer verändern hier die geringfügigsten Beimischungen die physikalischen Eigenschaften grundlegend. Nach dem periodischen System der Elemente glaubt sich Wilhelm von Bolton, der Erfinder der Tantalglühlampe, zu dem Schluß berechtigt, daß Tantal ein weiches und duktiles, das heißt zu feinen Drähten ausziehbares Metall sein muß; aber das auf chemischem Wege gewonnene Tantal ist spröde und zerbröckelt bei jedem Versuch, feine Drähte daraus herzustellen. Erst die Elektrolyse schafft hier Wandel und liefert einen Werkstoff von genau solcher Art, wie von Bolton es voraussah.

Schließlich wird während des Weltkrieges auch Eisen der Elektrolyse unterworfen; jenes Metall, das man sonst in der Technik grundsätzlich nicht chemisch rein verwendet, sondern durch hochprozentige Zusätze von Kohlenstoff, Chrom, Nickel, Vanadium und sonstigen Beimengungen erst veredelt. Aber nun während des Krieges stellt man chemisch reines Elektrolyteisen her, und wieder zeigt sich die erwartete Erscheinung, daß es wesentlich andere Eigenschaften hat als die bisher gebräuchlichen Ferroverbindungen. Es ist in hohem Grade weich und duktil; es lassen sich Granatringe aus ihm ziehen, die den Kupferringen gleichwertig sind, und eine große Sorge der Kriegswirtschaft ist damit behoben.

Schon in den neunziger Jahren werden auch die ersten Elektrolyseure zur Wasserstoff- und Sauerstoffgewinnung geliefert. Es handelt sich dabei zunächst um eine einfache Wasserzersetzung, bei der die beiden dabei freiwerdenden Gase getrennt aufgefangen werden, um für die Luftschiffahrt und im Knallgasbrenner für die Wärmetechnik Verwendung zu finden. Sehr schnell folgt darauf die Elektrolyse von Chlornatriumverbindungen zur Gewinnung von Bleichlauge, die bald die Basis einer großen, neuen Industrie wird. Die weitere Entwicklung in dieser Richtung führt zur Chlornatriumelektrolyse, bei der nach dem Siemens-Billiter-Verfahren Chlor und Ätznatron gewonnen werden.

Während alle diese Verfahren mit wäßrigen Elektrolyten arbeiten, wird aber auch die Elektrolyse der feurigen Flüsse nicht vernachlässigt. Was Humphry Davy einst mit einem ungeheuren Aufwand an galvanischen Elementen betrieb, das läßt sich ja jetzt mit der viel mächtigeren Stromquelle der dynamo-elektrischen Maschine sehr viel einfacher und auch wirtschaftlich erreichen. Was dem alten Alchimisten einst die über einem Kohlenfeuer glühenden Retorten waren, das wird für den Elektrochemiker des 19. und 20. Jahrhunderts nun der elektrische

Ofen, in dem elektrische Scheidekraft und Stromwärme vereint bei einer früher nicht gekannten Höllenglut auf die Stoffe wirken.

Die Metalle der alkalischen Erden, an erster Stelle das Metall der Tonerde, das Aluminium, einst so kostbar, daß Chemiker winzige Stückchen wie Brillanten an der Schlipsnadel trugen, werden schon in den neunziger Jahren in großem und immer größerem Maße elektrolytisch gewonnen. Freilich kostet es Strommengen von früher nicht gekannter Größe, um den Erden die in ihnen schlummernden Metalle zu entreißen. Werden doch zur Gewinnung von einer Tonne Aluminium 20.000 Kilowattstunden, von einer Tonne Magnesium sogar 40.000 Kilowattstunden benötigt.

Die großen elektrochemischen Werke, die besonders an den reichen Wasserkräften Skandinaviens entstehen, rechnen nicht mehr wie der städtische Stromverbraucher mit Kilowattstunden, sondern mit Kilowattjahren. Da kann es in einer Kalkulation beispielsweise heißen: Das Verfahren ist nur wirtschaftlich, wenn das Kilowattjahr für acht Mark zur Verfügung steht. Ein Kilowattjahr sind 8000 Kilowattstunden. Die Kilowattstunde darf also nur den zehnten Teil eines Pfennigs kosten, aber in vielen Fällen kann sie sogar noch unter diesem Preis erstellt werden, und das betreffende Verfahren kommt im großen zur Anwendung. Ein neues, technisches Zeitalter, das Zeitalter der Leichtmetalle, bricht damit an, und vielleicht wird es das Zeitalter des Eisens einmal ganz ablösen.

Doch nicht immer arbeitet die Elektrochemie mit der zerlegenden Kraft des Stromes; in der Glut des elektrischen Ofens, bei Temperaturen von 3000 bis 4000 Grad Celsius, gehen die Stoffe auch neue, bisher unbekannte Verbindungen ein. Da verschmelzen Kohle und Kieselerde zu Karborundum, einer Masse, die fast so hart wie Diamant ist, härtesten Schmirgel jedenfalls übertrifft und bald allgemein Verwendung als Schleifmittel findet.

Besonders in den großen elektrochemischen Wasserkraftwerken am Niagara experimentiert man in den neunziger Jahren munter darauf los. Alle möglichen Stoffe packt man in den elektrischen Öfen zusammen und gibt Zehntausende von Ampere darauf, in der Hoffnung, daß der Strom irgend etwas Ersprießliches zusammenbrauen möge. Da wird auch einmal eine Packung aus Kalkstein und Koks in einen Ofen gesetzt und auf gut Glück Strom darauf geschaltet. Als man glaubt, daß die Elektrizität genügend gewirkt hat, läßt man den Ofen verkühlen und bricht ihn auf. Koks und Kalk sind verschwunden; eine schlackenartige schwarze Masse ist übriggeblieben, mit der man nichts Rechtes anzufangen weiß.

»Weg mit dem Kram!« dekretiert der Foreman kurz entschlossen. Arbeiter laden das Zeug auf Karren und schütten es in einen am Werk vorbeifließenden Bach. Da braust das Bachwasser mächtig auf. Der Stoff entwickelt offenbar, mit Wasser zusammengebracht, ein Gas, das zu allem Überfluß auch noch widerlich riecht. Und dann, als Jimmy oder Jonny oder sonst einer der Arbeiter sich zum Schutz gegen den Gestank seine Pfeife anzünden will, da steht der brodelnde Bach plötzlich in Flammen. Rot leuchtend und rußig verbrennend lodert es aus dem Wasser empor.

Da lohnt es sich doch wohl, der Sache weiter nachzugehen, und der Fall wird schnell geklärt. Was einige Jahre vorher dem französischen Chemiker Moissan in der Retorte grammweise gelang, ist jetzt im elektrischen Ofen zentnerweise geschehen. In seiner extremen Glut haben sich das Metall des Kalkes, das Kalzium, und der Kohlenstoff des Kokses zu Kalziumkarbid vereinigt.

»Wo Arbeitskraft disponibel ist«, um noch einmal die Worte von Werner Siemens zu gebrauchen, da kann nun Kalziumkarbid billig und in beliebigen Mengen erzeugt werden, denn die Rohstoffe Kalk und Kohle stehen unbegrenzt zur Verfügung. Kalziumkarbid aber liefert, mit Wasser zusammengebracht, Azetylengas, das sich durch einen besonders hohen Heizwert auszeichnet und in geeigneten Brennern eine glänzend weiße, dem elektrischen Bogenlicht ähnliche Flamme gibt. Auf zweifache Art wirken sich diese Tatsachen in der Praxis aus. Eine völlig neue Art der Schweißung, die autogene Schweißung, wird durch die Verwendung der heißen Azetylen-Sauerstoff-Flamme möglich und eröffnet der Metallbearbeitung neue Wege. Weiter aber ruft das Azetylenlicht eine Revolution in der Beleuchtungstechnik hervor; für Jahrzehnte ist es »das Licht« für die Kraftfahrzeuge, findet weiter aber auch überall dort, wo Elektrizität und Gas nicht zur Verfügung stehen, für ortsfeste Beleuchtungsanlagen Verwendung.

Doch damit ist die Bedeutung des Kalziumkarbids noch längst nicht erschöpft. Die große Energiemenge, die im elektrischen Ofen an ihn gebunden wurde, erlaubt es nun weiter, den Luftstickstoff zu fesseln. Wird es in rotwarmem Zustand von Stickstoffgas umströmt, so bildet sich ein neuer Stoff, das Kalziumdizyanamid, allgemeiner bekannt unter dem Namen Kalkstickstoff. In der Landwirtschaft als Kunstdünger, in der Kriegswirtschaft als Ausgangsstoff für die Nitroverbindungen der Pulverfabriken, hat er sich als überaus wertvoll erwiesen. Durch eine einfache Säurebehandlung wird nach einem von Siemens u. Halske entwickelten Verfahren weiter aus dem Kalkstickstoff Zyanidlauge erstellt, die dazu dient, im südafrikanischen Randgebiet aus Sanden und Schlämmen, die man schon als wertlos auf die Halden geworfen hat, noch viele hundert Tonnen reinen Goldes zu gewinnen.

Man könnte wohl meinen, für ein einzelnes Produkt des elektrischen Ofens wäre das bisher Gesagte genug. Doch dem ist nicht so. Die beiden letzten großen Errungenschaften der deutschen Chemie, der synthetische Kautschuk und die P.-C.-Spinnstoffaser, basieren auf dem Kalziumkarbid. Kalk und Kohle bilden auch dafür die Ausgangsstoffe, und im elektrischen Ofen beginnt die lange Reihe der chemischen Reaktionen, die schließlich zum Autoreifen und zum Tuchballen führen. Durch den Hochstrom der Dynamomaschinen werden diese Ausgangsstoffe erst einmal mit dem Energiegehalt geladen, der sie zu den weiteren Reaktionen befähigt. –

Klein und bescheiden begann die Elektrochemie vor einem Jahrhundert. Mit einem Daniell-Element, das etwa eine Leistung von einem Watt hergab, vergoldete Werner Siemens den ersten Teelöffel. Ein Jahrzehnt nach der Entdeckung des dynamo-elektrischen Prinzips durch Werner Siemens liefert seine Firma im Jahre 1877 die erste größere Dynamomaschine an das Kgl. Hüttenamt Ocker. Bei einer Spannung von 3,5 Volt gibt sie einen Strom von 1000 Ampere. Die Spannung ist also wie bei fast allen für die Elektrochemie bestimmten Maschinen niedrig, die Stromstärke für damalige Verhältnisse gewaltig. Müßte man doch etwa 1000 Elemente parallelschalten, wenn man die gleiche Stromstärke mit einer galvanischen Batterie erzeugen wollte. Die Leistung dieser ersten »elektrochemischen Dynamo« ist gleich 3,5 Volt mal 1000 Ampere gleich 3500 Watt, das heißt gleich 3,5 Kilowatt. Eine 15pferdige Dampfmaschine genügt für ihren Antrieb.

17 Jahre später, 1894, liefern Siemens u. Halske Dynamomaschinen mit einer Gesamtleistung von 8600 Kilowatt für Elektroanalyse. In dieser kurzen Zeitspanne ist das Kilowatt auch für die elektrochemische Industrie Maßeinheit geworden und fast schon wieder zu klein. Wenn man jetzt schon nach Tausenden von Kilowatt, das heißt nach Millionen Watt, zählen muß, wird auch hier bald die höhere Einheit, das Megwatt, oder abgekürzt das Meg, das heißt die Million Watt, die Rechnungseinheit werden.

30 Jahre danach, 1924, werden im Aluminiumwerk Töging am Inn sieben Dynamomaschinen mit zusammen 45 000 Kilowatt oder 45 Meg aufgestellt. Heute gehören die elektrochemischen Betriebe mit zu den größten Verbrauchern elektrischer Energie, und unaufhaltsam geht die Entwicklung weiter. Auf viele Hunderte von Meg belaufen sich beispielsweise die Leistungen der riesigen elektrochemischen Werke an den Wasserkräften Skandinaviens, und vielleicht wird einmal der Tag kommen, an dem auch das Meg einer noch größeren Einheit weichen muß.

Hochspannung, Großmaschinenbau, Energiewirtschaft

In zwei Parteien gespalten stehen sich die Elektrotechniker der ganzen Erde gegen Ende der achtziger Jahre gegenüber. »Hie Gleichstrom«, tönt's aus dem einen Lager, »hie Wechselstrom«, schallt's aus dem anderen.

Nur für den Gleichstrom gibt es bisher brauchbare Motoren; nur Gleichstrom kommt für elektrochemische Betriebe in Frage; nur der Gleichstrom ist in Akkumulatorenbatterien speicherbar, verkünden die Anhänger des Gleichstroms. Nur der Wechselstrom ist transformierbar; nur mit dem Wechselstrom lassen sich hohe Spannungen erzeugen und größere Entfernungen wirtschaftlich überbrücken, führen die Anhänger der anderen Partei zugunsten des Wechselstroms ins Feld.

Schon ist der Zwiespalt so weit gediehen, daß sich ausgesprochene Gleichstrom- und Wechselstromfirmen gegenüberstehen. In Amerika beispielsweise schwören Edison, Thomson, Houston und andere auf den Gleichstrom, während ein anderer großer Elektrokonzern, die Westinghouse-Gesellschaft, sich mit allen Mitteln für den Wechselstrom einsetzt. In den USA. spielt dieser Kampf sich ab, und auf amerikanische Manier wird er ausgefochten.

»Wir müssen dem Mann auf der Straße klarmachen, wie lebensgefährlich der Wechselstrom ist«, sagt Mr. Edison. Die Art, auf die er das zustande bringt, ist auch heute, nach 50 Jahren, noch typisch für USA.-Verhältnisse. Da setzt, an tausend Stellen durch hundert Mittelsmänner geschürt, eine ethische Bewegung gegen die im Staate New York gebräuchliche Hinrichtungsweise durch den Strang ein. Als grausam und mittelalterlich wird sie verschrien. An ihre Stelle will man den blitzartig schnellen elektrischen Tod setzen. Rein humane Absichten scheint die Bewegung also zu verfolgen, aber in Wirklichkeit bezwecken ihre Urheber etwas ganz anderes. Durch elektrischen Wechselstrom sollen die Mörder künftig vom Leben zum Tode gebracht werden. Schlagend will man die Gefährlichkeit dieser Stromart dadurch der großen Menge ad oculos demonstrieren.

Schnell wird ein entsprechendes Gesetz beschlossen, und nun gilt es, für die Justiz eine Wechselstrommaschine zu beschaffen. Die Westinghouse Company weiß natürlich, was hier gespielt wird, und weigert sich, einen ihrer Generatoren dafür zu liefern. Hinten herum gelingt es jedoch, eine solche Maschine zu bekommen, und im Frühjahr 1891 muß der erste Delinquent sich in Sing-Sing auf den elektrischen Stuhl setzen. Seitdem werden die zum Tode Verurteilten im Staate New York »burned by electricity«, wie der Richterspruch lautet, das heißt, verbrannt durch Elektrizität; denn mit dem Blitztod ist es nichts. Der Wechselstrom ist kaum gefährlicher als der Gleichstrom, doch in den Staaten hat der letztere danach für geraume Zeit gewonnenes Spiel.

Auch in Deutschland ist der Kampf zwischen den beiden Stromarten entbrannt, aber hier geht man in anderer Weise vor. Frankfurt am Main will sich 1889 eine elektrische Zentrale für die Stromversorgung des ganzen Stadtgebietes zulegen. »Eine Zentrale«, so lautet schon damals ein Scherzwort der Elektriker, »hat ihren Namen deshalb, weil sie niemals im Zentrum des Versorgungsgebietes liegt.« Im Stadtzentrum ist der Boden teuer und die Anfuhr der Brennstoffe umständlich; daher möchte man sie auch in Frankfurt an den Stadtrand legen. Doch das bedeutet die Überwindung größerer Entfernungen, die sich wirtschaftlich eigentlich nur noch mit Wechselstrom durchführen läßt. So steht die Frankfurter Stadtverwaltung unschlüssig vor den Gleich- und Wechselstromprojekten und einem Stapel von Sachverständigengutachten, die auf ihr Ausschreiben eingelaufen sind.

Da besinnen sich die Frankfurter auf das Goethewort: »Grau, teurer Freund, ist alle Theorie«, und man kommt zu dem Beschluß, eine Elektrizitätsausstellung zu veranstalten, auf der die Vertreter der beiden Stromarten praktisch beweisen sollen, was sie können. Zeit wäre es ja auch nachgerade wieder für eine solche Ausstellung, denn die letzten in Paris, München und Wien liegen fast ein Jahrzehnt zurück.

Nun heißt es erst einmal den richtigen Mann für die Organisation und Leitung der Ausstellung zu finden, und da braucht man nicht lange zu suchen. Da ist ja der Oskar von Miller.

Der ist eben erst von der AEG. in Berlin weggegangen, weil es ihm da nicht länger gefiel. Der sitzt jetzt als unabhängiger Zivil-Ingenieur in München. Der hat schon 1882 die »Internationale Elektricitäts-Ausstellung« im Glaspalast zu München auf die Beine gestellt und sich dabei eine ganz tolle Sache geleistet, eine elektrische »Hochspannungs-Kraftübertragung« von dem 57 Kilometer entfernten Miesbach nach München. Der ist auch jetzt der gegebene Mann für Frankfurt, sagt man sich, und Oskar von Miller wird für die Ausstellung gewonnen. Die Wahl ist gut, und die »Internationale elektrotechnische Ausstellung Frankfurt am Main 1891« bedeutet tatsächlich einen Markstein in der Geschichte der Elektrotechnik. Sie wird die Geburtsstätte der Überlandzentrale, die heute aus unserer Energiewirtschaft nicht mehr wegzudenken ist. –

Den Clou der Frankfurter Ausstellung bildet ein zehn Meter hoher Wasserfall, der in der Haupthalle in mächtigem Schwall über Felsen hinab in ein Bassin stürzt. Es ist Mainwasser, das hier braust und sprudelt, aber die Energie, die es bewegt, stammt aus den Fluten eines anderen Flusses. 24 geographische Meilen von Frankfurt entfernt liegt am Neckar die Stadt Lauffen. Neckarwasser treibt dort eine 300pferdige Turbine, und ein mit dieser gekuppelter Drehstromgenerator erzeugt elektrische Energie im Betrag von etwa 200 Kilowatt. Mit der Spannung von 50 Volt, mit der die Energie von der Maschine geliefert wird, würde man freilich nicht weit kommen. Doch nun leistet der Transformator wertvollste Dienste, jenes einfache Gerät ohne bewegte Teile, das die Umformung von Wechselstrom nach der einfachen Beziehung bewirkt:

Spannung mal Stromstärke = Konstans

Durch Transformatoren wird die Spannung in Lauffen verdreihundertfacht. Von 50 wird sie auf 15 000 Volt erhöht und der Maschinenstrom gleichzeitig von 4000 auf 13 Ampere erniedrigt. 13 Ampere kann man nun wohl durch verhältnismäßig dünne Kupferdrähte bei erträglichen Verlusten über die 180 Kilometer vom Neckar an den Main senden, aber die Hochspannung von 15 000 Volt macht den Elektrikern schwere Sorgen. Im Laboratorium hat man sie zwar schon früher gemeistert, doch hier heißt es, sie viele Meilen weit frei über Land zu führen und dabei öffentliche Wege und Eisenbahnen zu kreuzen. Von mehr als 9000 Porzellanisolatoren werden die drei Drähte dieser Überlandleitung getragen. Schlägt auch nur einer von den 9000 durch, bedeutet das eine Betriebsstörung, das Ausbleiben des Stromes in Frankfurt und eine Blamage für die junge Hochspannungstechnik. Es ist, wie sich einer der damals Beteiligten später äußert, ein Angstbetrieb. Doch die Isolatoren halten; sie halten während des ganzen Sommers, und sie halten nach Schluß der Ausstellung auch einen noch höher gespannten Strom von 35 000 Volt aus. –

In Frankfurt wird der Fernstrom wieder auf 110 Volt heruntertransformiert. Hier treibt ein von diesem Strom gespeister großer Drehstrommotor die 100pferdige Pumpe, die jenen Wasserfall in der Haupthalle stürzen und strömen läßt; hier leuchten unter der Energie des Lauffener Neckarwassers Hunderte von Glühlampen auf; hier arbeiten Dutzende von Elektromotoren, aus der gleichen Fernquelle gespeist, in den verschiedensten Betrieben.

»Kraftübertragung und Kraftverteilung« hat Oskar von Miller als ersten Punkt in das Programm der Frankfurter Ausstellung geschrieben. Die Fernkraftübertragung, die hier nun gezeigt wird, erregt das Interesse der ganzen Welt. Die Ingenieure allererster Firmen haben dem Unternehmen ein schweres Fiasko prophezeit, und nun ist es doch gelungen; nur 25 v. H. der in Lauffen gewonnenen Energie sind auf der Strecke geblieben.

In einer Biographie Oskar von Millers sagt Eugen Kalkschmidt: »Die Nachricht von dem gelungenen Versuch durcheilte mit Blitzesschnelle die ganze Welt. Nicht nur die Fachleute, jedermann mußte ihn gesehen haben, denn nun – das fühlte man allerwärts – mußte diese geheimnisvolle elektrische Kraft für einen jeden wertvoll und segensreich werden. Aus Tirol, Siebenbürgen usw., den Ländern mit starkem Wassergefälle, kamen die Besucher, Engländer und Franzosen sahen sich das Wunder an, und Amerika, das besonders interessiert auf den Erfolg wartete, sandte den Manager der Ausstellung von Chikago, um den deutschen Fortschritt schleunigst zu übernehmen und womöglich zu überholen.«

Die Antwort auf die Streitfrage: »Gleichstrom oder Wechselstrom?« wird 1891 in Frankfurt gegeben. In einem Gutachten aus jener Zeit heißt es: »Beide Systeme sind in bezug auf die Benutzbarkeit gleichwertig. Für die Ausnutzung entlegener Energiequellen kommt allein der hochgespannte Wechselstrom in Frage, besonders für die Nutzbarmachung von Wasserkräften.«

Die Wasserkräfte! Auf mehr als zehn Millionen Pferdestärken werden die skandinavischen, auf acht Millionen die schweizerischen, auf sechs Millionen die italienischen, auf mehr als zwei Millionen diejenigen der bayrischen Alpen geschätzt. In Riesenmengen ist Arbeitskraft an den Strömen der europäischen Gebirge disponibel. Sie nutzbar zu machen wird nun in den kommenden Jahrzehnten die Aufgabe der Wechselstrom-Hochspannungstechnik sein.

Es beginnt 1892 in Grosetto in Italien, wo man eine Wasserkraft mit 6000 Volt über 100 Kilometer überträgt. 6000 Volt oder 6 Kilovolt sind gegen die 15 Kilovolt der Frankfurter Ausstellung nicht viel. Aber diesmal darf es auch kein »Angstbetrieb« mehr sein. Unbedingt zuverlässig muß die Anlage arbeiten. Ununterbrochen muß sie Tag und Nacht die hochgespannte elektrische Energie in das Versorgungsgebiet liefern. Die erste Anlage erfüllt, was ihre Erbauer von ihr erwarten, und schnell folgen ihr nun weitere Kraftübertragungen mit immer höheren Kilovoltzahlen. Der Ausdruck »italienische Spannung« gewinnt in der ersten Hälfte der neunziger Jahre eine besondere Bedeutung. Man versteht darunter einen Wert von zehn und noch mehr Kilovolt.

Skandinavien mit seinen reichen Wasserkräften macht sich die Errungenschaften der jungen Hochspannungstechnik ebenfalls sehr früh zunutze, und von 1895 an wird auch ein Land jenseits des Äquators Interessent dafür. Es ist das Goldminengebiet im Oranje-Freistaat, der Witwatersrand. Dort gibt es freilich keine Wasserkräfte. Nur Kohlenkraftwerke mit Dampfmaschinen kommen in Frage, und das Land ist so wasserarm, daß sogar die verhältnismäßig geringen Wassermengen für die Kondensationsanlagen von Dampfmaschinen nur an wenigen Stellen zu finden sind.

Die Hochspannungstechnik bietet einen Ausweg aus diesem Dilemma. In den Jahren 1895-97 errichten Siemens u. Halske bei Brakpan in der Nähe von Johannisburg ein elektrisches Kraftwerk. Es liegt an einem kleinen See, der genügend Kühlwasser für die Kondensatoren enthält, und dicht bei einer Kohlengrube, die den Brennstoff liefert. 4000 Pferdestärken bekommt es in erstem Ausbau, die mit einer Spannung von 10 000 Volt über etwa 150 Kilometer hin in das Minengebiet geleitet werden. –

Weithin durch das südafrikanische »Veldt« ziehen sich die Kupferdrähte, in denen die Hochspannung pulst. Blank schimmert das Kupfer. Was für herrliche Armspangen, Fußringe und sonstige Schmuckstücke lassen sich daraus für Kaffernfrauen und Hottentotten-Jungfrauen herstellen! So denkt mancher Schwarze, als er die neue Leitung sieht. Das Veldt ist einsam; kein Weißer in Sicht. Der Mast ist schnell erklommen, und dann...

In der Zentrale zu Brakpan schlägt plötzlich ein Amperemeter stärker aus. Der Schaltwärter beobachtet das Instrument. Ein Geier ist gegen die Leitung geflogen, denkt er beim ersten Zucken des Zeigers. »Ein Kaffer schmort«, sagt er zu seinem Kollegen, als der Zeiger nach einer Minute noch in seiner Stellung beharrt. »Aus!« bemerkt der andere lakonisch, als der Zeiger zurückschnellt. Im gleichen Moment stürzt 100 Kilometer entfernt ein Leichnam aus den Drähten.

Jede Hochspannungsleitung schützt sich selbst. Das ist eine Erkenntnis, die auch die im Veldt schweifenden Schwarzen sehr bald gewinnen. –

Nur fünf Jahre nach jener ersten klassischen Fernübertragung von Lauffen nach Frankfurt arbeitet also eine betriebssichere Anlage mit 10 000 Volt über ungefähr die gleiche Entfernung. Das zeigt klar, wie stürmisch die Entwicklung der Hochspannungstechnik weitergegangen ist. Nach nochmals drei Jahren lernt auch die Reichshauptstadt sie kennen.

Die elektrischen Zentralen der Innenstadt können den sprungweise steigenden Strombedarf nicht mehr decken. Noch im Jahre 1892 bedeuten die 1000pferdigen Dampfmaschinen in der Zentrale am Schiffbauer Damm einen Weltrekord, aber was sind sieben Jahre später 1000 Pferde gegenüber dem so gewaltig gestiegenen Energiebedarf Berlins. Ein Tropfen auf einen heißen

Stein, könnte man mit einem etwas gewagten Vergleich sagen. Etwas Grundlegendes muß geschehen, wenn man der wachsenden Energienot Herr werden will, und die Hochspannungstechnik gibt die Möglichkeit, einen kühnen Gedanken in die Tat umzusetzen.

Im Jahre 1899 nimmt man die Zentrale mit voller Absicht aus dem Zentrum des Versorgungsgebietes heraus. In Schöneweide an der Oberspree, 20 Kilometer von der Berliner Innenstadt entfernt, entsteht ein neues, großes Kraftwerk, das elektrische Energie mit einer Spannung von 30 000 Volt in die Reichshauptstadt sendet. Leicht schreibt sich dieser Wert hin. Die technische Entwicklungsarbeit, die zu seiner Erreichung geleistet werden mußte, ist ungeheuer groß.

50 Volt gab die Lauffener Maschine her. Jetzt erzeugen die Generatoren in Schöneweide selbst schon 3000 Volt, und ihre durch Transformatoren verzehnfachte Spannung wird wenige Jahre später auch nicht mehr in Freileitungen, sondern in Kabeln nach Berlin geführt, denn auch die Kabeltechnik hat gewaltige Fortschritte gemacht und wird in den kommenden Jahrzehnten noch viel größere machen.

Schon in dem Jahre vor der Frankfurter Ausstellung haben Siemens u. Halske ein Wechselstromkabel für 2000 Volt und für die Übertragung von 200 Pferdestärken an das städtische Elektrizitätswerk Kassel geliefert. 1903 verlegen sie für die Städte Meran und Bozen ein Drehstromfernkabel für 10 000 Volt. 1907 wird eines für 20 000 Volt und 1910 ein anderes für 60 000 Volt geliefert. Neue Isolierstoffe von früher nicht gekannter elektrischer Festigkeit müssen gefunden, neuartige Kabelkonstruktionen ersonnen werden, um das zu erreichen. Immer wieder versucht es die hochgespannte elektrische Energie, auf verbotenen Wegen zu wandeln, doch immer wieder findet die Technik die Mittel, ihr solche Möglichkeiten zu verbauen.

Das Ergebnis unermüdlicher, zäher Ingenieurarbeit ist in dem Jahre, in dem der Weltkrieg ausbricht, ein vollkommen betriebssicheres Hochspannungskabel, in dessen Leitern, nur wenige Zentimeter voneinander entfernt, Spannungsdifferenzen von 50 bis 60 Kilovolt sicher beherrscht werden. Äußerlich unterscheidet es sich kaum von den Kabeln vergangener Jahrzehnte. Ohne gefährdet zu werden, kann man seinen Mantel berühren. Nicht nur in die Erde, auch in die See kann man es verlegen. Kaum ein halbes Jahrhundert nach der Erfindung der Dynamomaschine hat das eigentliche Transportmittel für den Strom damit eine kaum für möglich gehaltene Leistungsfähigkeit erreicht.

Im Laboratorium ist man zu dieser Zeit schon ein gutes Stück weiter vorangekommen. Dort beherrscht man bereits Spannungen von 100 Kilovolt. Dort werden die Bedingungen erforscht, unter denen man hoch- und höchstgespannte Starkströme sicher schalten kann. Dort werden auch die Mittel gefunden, um die riesenhaften Energiemengen zu bändigen, die beim Kurzschluß einer Hochspannungsleitung frei werden; dort setzt man sich endlich auch mit dem Erbfeind aller Hochspannungsleitungen, mit dem Blitzschlag, auseinander.

Und immer neue, früher nicht geahnte Schwierigkeiten lernt man kennen, als die Hochspannungsleitungen sich immer weiter über das Land erstrecken, als sie schließlich zu zusammenhängenden, ganze Provinzen überdeckenden Netzen verflochten werden. Da treten rätselhafte Überspannungen und elektrische Wanderwellen in den Drähten auf. Da zeigen sich Erscheinungen, für die man zunächst überhaupt keine Erklärung hat, die man aber beherrschen und unschädlich machen muß, wenn anders die Betriebssicherheit gewahrt bleiben soll.

Auch das Laboratorium muß sich unter solchen Verhältnissen wandeln. Ein einfacher Wohnraum in der Markgrafenstraße war es, in dem Werner Siemens in den sechziger Jahren des vorigen Jahrhunderts die Experimente anstellte, aus denen seine bahnbrechenden Erfindungen erwuchsen. Ein wissenschaftliches Forschungsinstitut mit Dutzenden von Abteilungen ist es bereits um die Jahrhundertwende, und immer weiter wächst es, denn jedes Jahr bringt ihm neue Aufgaben, fordert neue Untersuchungen, stellt die Physiker und Chemiker der großen Elektrokonzerne vor immer neue Probleme. –

Ein langer Weg, gewunden oft, bisweilen in die Irre gehend, führt von der Dynamo der siebziger Jahre zu den Generatoren der Gegenwart. Nicht mehr als ein Gebilde aus Mechanikerhänden, sondern als das Erzeugnis werkgerechten Maschinenbaues präsentiert sich die zweipolige

H-Dynamo von Siemens u. Halske aus dem Jahre 1885. Ihr Trommelanker ist bereits gut unterteilt, ihre Erwärmung während des Betriebes nicht mehr allzu stark, ihr Wirkungsgrad mit etwa 90 v. H. erstaunlich gut. Aber sie ist ein ausgesprochener »Schnelläufer« und braucht daher einen Riemenantrieb mit starker Übersetzung, während aus betriebstechnischen Gründen die direkte Kupplung mit einer langsamer laufenden Dampfmaschine erwünscht ist.

Friedrich von Hefner-Alteneck meistert diese Aufgabe 1886 durch die vierpolige Innenpolmaschine Type J, bei welcher der als Ring ausgebildete Anker die Magnetpole umfaßt. Die Lösung macht seinem konstruktiven Talent alle Ehre, doch auf die Dauer vermag sie sich nicht durchzusetzen. Man kehrt zur Außenpoldynamo zurück, baut ihr Magnetfeld aber aus vier, sechs, acht und noch mehr Polen auf und kann sie nun auch langsam laufen lassen und direkt mit der Dampfmaschine kuppeln.

An Stelle des glatten Trommelankers tritt der gezahnte Anker, bei dem die Wicklungen in Längsnuten eingelegt werden. Die Ankerwickelei im früheren Sinne hört damit auf; die einzelnen Ankerspulen werden jetzt auf Schablonen vorgeformt und danach fix und fertig in die Nuten eingelegt. Elektrisch und mechanisch bedeuten diese Neuerungen einen großen Fortschritt, denn viel enger kann jetzt der Luftspalt zwischen dem Ankerzylinder und den Polen des Magnetfeldes werden, und ein unverrückbares Ganzes bildet der Anker nun mit seiner Wicklung.

Scharf wird in den neunziger Jahren auch die Trennung zwischen wirksamem und inaktivem Eisen durchgeführt. Der neue Begriff »Dynamoblech« kommt auf. Aus dünnen, nur Bruchteile eines Millimeters starken Spezialblechen, die sich durch eine besonders hohe magnetische Permeabilität auszeichnen, werden alle Teile der Gleich- und Wechselstrommaschinen aufgebaut, in denen magnetische oder elektrische Induktion auftritt. Aus gutem Stahlguß bestehen diejenigen Teile, die nur einen gleichbleibenden magnetischen Fluß führen und in der Hauptsache auf Festigkeit beansprucht werden.

Auf solcher Grundlage lassen sich bald Dynamomaschinen bauen, die beispielsweise für Bahnzwecke vollkommen betriebssicher Gleichstrom von 1000 Volt liefern. Unablässig wächst dabei auch die Größe der einzelnen Maschinen. Längst hat sie um die Jahrhundertwende die 1000-PS-Grenze überschritten, um sehr bald auch über die zehnfache Leistung hinauszuwachsen. Was für den Stromerzeuger, die Dynamo, erreicht wird, gilt auch für den Gleichstrom-Elektromotor. Vielfach sind es genau die gleichen Maschinen, die, je nach Bedarf, als Generator oder als Motor Verwendung finden, bald mechanische in elektrische Energie umwandeln, bald umgekehrt aus elektrischer mechanische Arbeit zurückgewinnen. –

Wesentlich anders verläuft die Entwicklung der Wechselstrommaschine. Da der Wechselstromgenerator für die Erregung seiner Magnete Gleichstrom benötigt, gehört grundsätzlich eine Gleichstromdynamo als Erregermaschine zu ihm. Das ist schon so bei den Wechselstrommaschinen, mit denen Werner Siemens zu Ende der sechziger Jahre die ersten elektrischen Beleuchtungen durchführt, und wird immer so bleiben. Doch im Verhältnis zum Wechselstromgenerator braucht die Erregerdynamo nur klein zu sein. Nur etwa 2 v. H. der von der Hauptmaschine erzeugten Leistung braucht die Erregermaschine für die Aufrechterhaltung des Magnetfeldes zu liefern. Eines der heutigen Großaggregate von 50 Megawatt braucht eine Gleichstromdynamo von 1000 Kilowatt. Eine mächtige vielfach bestaunte Maschine war das vor 50 Jahren. Fast wie ein Spielzeug wirkt sie heute neben dem Wechselstromgenerator, auf dessen mehr als meterstarkem Wellenende ihr Anker gewöhnlich freitragend aufgekeilt wird. –

Die ersten Wechselstrommaschinen von Siemens u. Halske arbeiten kinematisch, ebenso wie die Gleichstromdynamo. Ihr Ankerstern trägt Drahtspulen, die an feststehenden Magneten vorbeigeführt werden und in denen dabei Wechselstrom induziert wird. Nach mancherlei Ab- und Umwegen kommt man jedoch zu der heute allgemein üblichen Anordnung, bei der die in wirksames Eisen eingebetteten Spulen feststehen und kranzförmig den rotierenden Magneten umgeben, der ein- oder mehrphasigen Wechselstrom in ihnen induziert.

Diese Anordnung bietet den großen Vorteil, daß die Teile der Maschine, in denen die Wechselströme erzeugt werden, ruhen, während die Elektromagneten, die nur durch einen Gleichstrom von mäßiger Spannung erregt werden, rotieren. Ruhende Teile lassen sich aber wesentlich besser isolieren als schnell bewegte. Man kann daher bei dieser Anordnung mit der Spannung der induzierten Wechselströme stark in die Höhe gehen, und Maschinenspannungen von 10, ja von 20 Kilovolt gehören schon um 1910 nicht mehr zu den Seltenheiten. Nach diesem Schema entstehen schon um die Jahrhundertwende Wechselstromgeneratoren von 10 000 und mehr Pferdestärken. In einem knappen Jahrzehnt hat sich auch die Einheitsleistung der Wechselstromgeneratoren verzehnfacht.

Der Übergang zum neuen Jahrhundert bringt wieder einen einschneidenden Wandel der Antriebsmaschinen. Bis dahin kennt und schätzt man die Wasserturbinen, die mit 100 bis 200 Umdrehungen je Minute laufen, und die alte Kolbendampfmaschine, die mit ihren Umdrehungszahlen ungefähr in den gleichen Grenzen liegt. Die Elektrogeneratoren haben sich diesen »Langsamläufern« so weit angepaßt, daß sie direkt gekuppelt werden können. Der Riemenantrieb vergangener Jahrzehnte ist, gottlob, überwunden. Bei der jetzigen Größe der Maschinen wäre er auch kaum noch durchführbar, oder man müßte hundert Ochsen schlachten, um einen einzigen Treibriemen herzustellen.

Doch in diese Zeit, in der die Technik fast etwas zu stagnieren scheint, kommt nun als Neues die Dampfturbine hinein. Etwa zwischen den Jahren 1900 und 1904 wird sie ein zuverlässiger und wirtschaftlicher Dampfmotor, und die Dampfturbine ist ein ausgesprochener Schnelläufer. Die ersten über alle hergebrachten Begriffe hinausgehenden Tourenzahlen von 30 000 Umdrehungen je Minute hat man ihr zwar abgewöhnt, aber ihre besten Wirkungsgrade liegen auch jetzt noch bei 1500 bis 3000 Touren.

1500 Umdrehungen in der Minute! Das ist ja die Tourenzahl, mit der die ersten Dynamomaschinen von Werner Siemens liefen. Soll man jetzt darauf zurückkommen? Warum nicht? Jene ersten Maschinen des Altmeisters der Elektrotechnik waren ja auch in der Umdrehungsgeschwindigkeit auf das innerste Wesen des Elektrogenerators abgestimmt. Nur in Rücksicht auf die damaligen langsam laufenden Antriebsmaschinen ist man auch mit den Tourenzahlen der Elektromaschinen heruntergegangen. Elektrisch verspricht eine hohe Umdrehungszahl entschieden Vorteile. Aber damals handelte es sich um Maschinchen von zehn Pferdestärken, jetzt um solche von der tausendfachen Leistung. Gewaltig sind die Gewichte der bewegten Massen inzwischen gewachsen. Wird es möglich sein, die riesigen Fliehkräfte zu beherrschen, die bei so hohen Tourenzahlen auftreten müssen?

Es ist eine schwierige Aufgabe, die höchste Anforderungen an das Können der Konstrukteure stellt, aber ihre Lösung glückt. Sie gelingt nicht nur für 1500, sondern auch für 3000 Umdrehungen je Minute. Stahl- und Kupfermassen im Gewicht von Hunderten von Tonnen wirbeln in den neuen Turbogeneratoren fünfzigmal in der Sekunde um ihre Achse, und der Beschauer, der neben solcher Maschine steht, bemerkt kaum etwas von dem dämonischen Spiel. Freilich wurde dieser Erfolg nicht ohne Kämpfe und manchen Fehlschlag errungen. Auf das genaueste müssen die rotierenden Massen ausgewuchtet werden, bevor man ihnen derartige Tourenzahlen zumuten darf. Qualitativ besteht kaum ein Unterschied zwischen der feinmechanischen Präzisionsarbeit eines Uhrmachers, der die Unruh eines Chronometers durch das Einsetzen feinster Schräubchen auswuchtet, und der Tätigkeit der Maschinenbauer, die den schweren Erregermagneten einer Elektro-Großmaschine in seiner Massenverteilung so genau abgleichen, daß er im Betrieb als »freie Achse« läuft. Peinlich genaue Feinarbeit ist es auch hier, nur quantitativ von derjenigen des Uhrmachers verschieden. –

Schon vor dem Weltkrieg zeichnet sich die kommende Entwicklung klar ab. Die Turbine wird künftig die Antriebsmaschine für den Elektrogenerator sein. Wo Wasserkräfte zur Verfügung stehen, die Wasserturbine, für Kohlenkraftwerke die Dampfturbine. Langsamläufer müssen die Generatoren in Wasserkraftwerken bleiben, Schnelläufer werden sie in Kohlenkraftwerken. Auch der Weltkrieg kann diese vorgezeichnete Entwicklung nicht aufhalten. Müssen doch gerade in diesen Kriegsjahren neue Elektrowerke aus dem Boden gestampft werden, um den riesenhaften Energiebedarf für die Stickstoffgewinnung, die Sprengstofferzeugung und hundert andere Bedürfnisse der Kriegswirtschaft zu liefern. In noch schnellerem Tempo geht es weiter, als das Kriegsgewitter sich ausgetobt hat. Unermeßlich groß ist ja der Energiehunger der

Menschheit nach diesen vier Leidensjahren, und ins Gigantische wachsen die Maschinen, die ihn befriedigen sollen.

30 000 Pferde – 50 000 Pferde – 80 000 Pferde! Schlag um Schlag entstehen Dampfturbinen dieser Leistung, und zehn Jahre nach dem Kriegsende nimmt die erste 100 000pferdige Dampfturbine, gekuppelt mit einem gleich starken Wechselstromgenerator, den Betrieb auf. Die Wasserturbinen bleiben bei einer solchen sprunghaften Steigerung der Leistungszahlen nicht zurück. Schulter an Schulter liegen sie in diesem Rennen neben den Dampfturbinen. Je 37 000 Pferde entwickeln die Aggregate des von Siemens u. Halske in den Jahren 1925-28 erbauten Shanon-Kraftwerkes bei Limmerick, welche den Freistaat Irland mit elektrischer Energie versorgen. Je 100 000 Pferde werden die vier Aggregate liefern, die zur Zeit für das Elektrowerk am Yalufluß in Mandschukuo im Bau sind. Wie vielstöckige Häuser einer Großstadt muten die stählernen Gehäuse dieser Mammutmaschinen an. Maschinenbau und Architektur scheinen hier ineinander überzugehen. Für das Jahr 1941 bedeuten die 100 000pferdigen Aggregate den Rekord. Was spätere Jahre bringen werden, läßt sich nur ahnen. Bedenkt man aber, daß Wasserkräfte im Betrag von vielen Millionen Pferdekräften nutzbar zu machen sind, sobald einmal Friede in Europa herrscht, so liegt die Vermutung nahe, daß 100 000 PS kaum für immer die obere Grenze für die Maschineneinheit bilden werden. –

Noch vor dem Weltkrieg überschreitet ein anderer elektrischer Wert die durch die Zahl 100 000 gegebene Grenze. 1914 kommt die erste große Fernkraftübertragung von Golpa nach Berlin mit einer Übertragungsspannung von 110 000 Volt in Betrieb. 1884 haben die Berliner Elektrizitätswerke die Stromversorgung mit einer Spannung von 110 Volt aufgenommen. 30 Jahre später wird elektrische Energie mit der tausendfachen Spannung aus dem Bitterfelder Braunkohlengebiet nach der Reichshauptstadt geleitet. Es ist ein technisches Wagnis, das hier unternommen wird, aber es gelingt so über alles Erwarten gut, daß dies Großkraftwerk während des Krieges schnell verdoppelt und bald auch verdreifacht wird. Elektrische Energie im Betrag von mehr als 100 000 Pferden flutet danach durch sechs kaum fingerstarke Drähte aus der sächsischen Provinz nach der deutschen Metropole.

Braunkohle ist der Brennstoff für das Kraftwerk in Golpa. Ihr Heizwert ist nicht so hoch, daß ihr Eisenbahntransport nach Berlin wirtschaftlich wäre; aber die elektrische Energie, die in Golpa aus ihr gewonnen wird, ist genau so wertvoll wie die aus bester Steinkohle erzeugte, und die Hochspannungstechnik gestattet ihren wirtschaftlichen Transport über Hunderte von Kilometern. Ihre praktische Auswertung erfährt diese Erkenntnis gleich nach dem Weltkrieg. Wo immer die so lange als minderwertig verschriene Braunkohle in genügender Menge zu finden ist, beispielsweise in der Lausitz bei Trattendorf und Lauta, entstehen neue Großkraftwerke. Und auch der Torf, als Brennstoff noch geringer gewertet wie die Braunkohle, wird jetzt unter den Kesseln von Kraftwerken verfeuert, die inmitten der Torfmoore Norddeutschlands angelegt werden.

Steinkohlenwerke, Braunkohlenwerke, Torf- und Wasserkraftwerke wachsen überall dort aus dem Boden, wo Brennstoffe anstehen oder fallendes Wasser Energie liefern kann. Von den stürzenden Wassern an der Schweizer Grenze im Südwesten bis zu den weiten Moorflächen im Nordwesten des Reiches sind sie zu finden. Besonders dicht bedecken sie die Steinkohlenfelder des rheinisch-westfälischen Industriegebietes. Über jedem Braunkohlenfeld recken sich ihre Schlote. Wo immer eine neue Wasserwirtschaft die Ströme in der Eifel oder in Schlesiens Bergen durch Talsperren bändigt, da erheben sich vor der Staumauer auch die Betonbauten der Kraftwerke, in denen Wasser, das vordem nur Zerstörungsarbeit leistete, nun zur Nutzarbeit gezwungen wird.

Jedes dieser vielen Werke sendet seine Fernleitungen aus. Mit der Spannung von 110 000 Volt strömt überall die elektrische Energie in die Drähte, die sich, von hohen eisernen Gittermasten getragen, über Wälder und Felder erstrecken und das Bild der Landschaft verändern. Von »Kraftstraßen« sprechen die Bewohner der Dörfer und kleinen Orte, an deren Wohnstätten die Energiestränge vorbeiführen.

Und nun wiederholt sich bei der elektrischen Energieversorgung, was sich ähnlich schon einmal 80 Jahre früher bei einem damals noch jungen und neuartigen Verkehrsmittel ereignet hat. Die Eisenbahnen, in den vierziger Jahren an den verschiedensten Stellen Europas begonnen, strecken ihre Gleise schon zehn Jahre später weiter und immer weiter vor, bis sie sich auf halbem Wege treffen und ein zusammenhängendes Netz entsteht, das europäische Eisenbahnnetz. Ein glücklicher Umstand hat es gefügt, daß die ersten Bahnanlagen alle die gleiche Spurweite haben, daß ihr Zusammenschluß ohne technische Schwierigkeiten möglich wird. Die elektrischen Fernkraftwerke Deutschlands haben die gleiche Spannung von 110 000 Volt und die gleiche Periodenzahl. Auch hier sind also die technischen Vorbedingungen für einen Zusammenschluß gegeben, und im dritten Jahrzehnt des 20. Jahrhunderts, 60 Jahre nach der Erfindung der Dynamomaschine, wird er eine vollendete Tatsache.

Von der West- bis zur Ostmark, von der Nord- bis zur Südgrenze des Reiches sind die Hochspannungsleitungen heute zu einem von Jahr zu Jahr engmaschiger werdenden Netz verflochten. Der Mann, der heute etwa in Köln seine Tischlampe einschaltet, sieht sie wohl aufleuchten, aber er weiß nicht, woher die Energie kommt, die den Lampendraht zum Glühen bringt. Aus der nächsten Kohlenzeche kann sie stammen oder aus dem Wasserkraftwerk an der Urfttalsperre in der Eifel oder aus dem Torfkraftwerk in Wiesmoor bei Oldenburg. Ja, von allen diesen Stellen kann sie über Transformatoren und Leitungen zusammenfließen und sich in seiner Lampe mischen. Unkontrollierbar ist sie für den Verbraucher in ihrem Ursprung, aber willig, auf einen Fingerdruck Licht zu geben, Kraft zu spenden, alle Dienste zu verrichten, die der Mensch von ihr verlangt.

Immer größer sind, während das deutsche Netz so wächst, die Entfernungen geworden, die überbrückt werden müssen. Da reicht die Spannung von 110 000 Volt für eine wirtschaftliche Übertragung nicht mehr aus. Schon 1920 hat man für die Strecke Golpa-Berlin eine Erhöhung auf 150 000 Volt ins Auge gefaßt. Damals wird der Plan noch zurückgestellt, aber zehn Jahre später muß man sich zu Taten entschließen. Die Spannung der großen Nord-Süd-Leitung, die von der holländischen zur schweizerischen Grenze führt, wird auf 220 000 Volt erhöht.

Eine neue Erfahrung macht man bei der Spannungserhöhung. Die Höchstspannungen beherrscht man jetzt sicher. Die Isolatoren von 1930 sind auch dem Zehnfachen der alten Lauffener Spannung von 1891, sind der Riesenspannung von 350 000 Volt zuverlässig gewachsen. Aber an den Leitungen selbst zeigt sich eine Erscheinung, die man zwar theoretisch sehr wohl zu deuten vermag, gegen die aber im ersten Augenblick wenigstens kein Kraut gewachsen zu sein scheint. Die Luft isoliert diese Spannung von fast einer Viertelmillion Volt nicht mehr. Unter dem mächtigen, von den Transformatoren in die Fernleitung gegebenen elektrischen Druck tritt die Elektrizität überall aus der Drahtoberfläche in die Atmosphäre hinaus. Zur Nachtzeit läßt sich deutlich beobachten, daß die Leitungen von einem bläulich leuchtenden Mantel umgeben sind. Die Wissenschaft nennt die Erscheinung den Koronaeffekt; die Praxis aber rechnet und findet, daß diese Illumination pro Kilometer etwa vier Kilowatt kostet. Für die sechs Drähte der Linie Golpa-Berlin würde das etwa 2000 Kilowatt ausmachen, die als Koronaverluste zu verbuchen wären. Für das deutsche Netz würden Zahlen herauskommen, die wirtschaftlich untragbar sind. Jede weitere Spannungserhöhung scheint danach ausgeschlossen, wenn sich kein Mittel zur Abhilfe findet.

Das Mittel wird gefunden. Die Theorie lehrt, daß die Ausströmung aus den Drähten erfolgt, weil deren Oberfläche zu stark gekrümmt, der Drahtdurchmesser zu klein ist. Man könnte die Drähte stärker machen, aber das hieße unnötig viel Metall in die Leitungen zu verbauen. Sie würden viel zu teuer werden, die Masten, die sie tragen, müßten ebenfalls verstärkt werden. Schon eine oberflächliche Rechnung zeigt, daß es so nicht geht. Aber der Leitungsdurchmesser muß vergrößert werden, um die Korona loszuwerden, und – ein Ei des Kolumbus – das Leitungshohlseil bringt die Lösung und Erlösung. Nicht mehr massive Drähte, sondern kupferne Hohlseile mit einem äußeren Durchmesser von 42 Millimeter und einer Wandstärke von drei Millimeter sind die stromführenden Leiter für die erste 220 000-Volt-Linie. Ihre Verlegung macht nicht größere Schwierigkeiten als die der massiven Drähte. Vom Koronaeffekt sind sie frei; Theorie und Versuch lehren, daß sie auch eine Spannung von 350 000 Volt führen können. Der Spannungserhöhung und dem Ausbau des Kraftnetzes über das ganze Gebiet des Großdeutschen Reiches und vielleicht noch darüber hinaus steht somit nichts mehr im Wege.

100 000 Pferde für die Maschineneinheit. 220 000 Volt für die Fernkraftübertragung, elektrische Bahnen in jeder größeren Stadt, elektrisches Licht und Elektromotoren in etwa 80 v. H. aller deutschen Haushaltungen, das ist die Bilanz, die 75 Jahre nach der Erfindung der Dynamomaschine gemacht werden kann. So groß, so tief einschneidend in das wirtschaftliche und kulturelle Leben hatte sich wohl auch Werner Siemens die Folgen seiner Erfindung nicht vorgestellt, obwohl ihm schon große Möglichkeiten vorschwebten. Daß die Entdeckung und Erfindung, die in einer Sommerstunde im Jahre 1866 seinem Geiste entsprang, die Lebensverhältnisse der Menschheit so grundlegend umformen könnte, mag er vielleicht geahnt haben, ausgesprochen hat er es nicht.

Ist die Entwicklung, die wir heute sehen, ein Endstadium oder ein Übergang? Das deutsche Eisenbahnnetz wurde ein Teil des europäischen. Kann ein neugeformtes und geeintes Europa auch zu einem europäischen Kraftnetz kommen? Die technischen Voraussetzungen dafür sind gegeben. Wir besitzen heute die Mittel, um die Millionen von Pferdestärken der skandinavischen und balkanischen Wasserkräfte, die zum größten Teil noch immer nutzlos verrauschen, in Form elektrischer Energie den Industriegebieten Mitteleuropas zuzuleiten, doch vor dem jetzigen Kriege waren die politischen Bedingungen dafür noch nicht gegeben. Es wäre dann auch eine Energieblockade des Deutschen Reiches möglich gewesen. Es hätte etwa der König von Norwegen auf Anordnung Englands den Hauptschalter in Oslo herausnehmen können, oder ein General hätte in Belgrad das gleiche getan, und in Deutschland wären dadurch Tausende von Maschinen stillgesetzt worden. Im neuen Europa wird vielleicht auch politisch möglich werden, was technisch bereits seit geraumer Zeit möglich ist, eine gemeinsame Nutzbarmachung aller Energiequellen des europäischen Kontinents.